古剑与巴金合影

与艾芜合影

林海音1987年春节于纯文学出版社门前

古剑与聂华苓合影

聂华苓在签名售书

与汪曾棋、古华

与邵燕祥合影

与黄裳合影

与余光中在香港中文大学

与赵瑞蕻在香港中文大学

与黄维樑合影

三位文学编辑

与吴颐人合影

与董桥合影

黄、古、林合影

李从先生：

您好！

您要一些资料，大部散见在杂志上，让我得闲清理一下，再放浪寄您。

您在分发看见的那本小册的散文，一共诗了廿十个短篇小说，诗者吴油答其澄夫（本名周林镇樹）以艾芜小洁以作艾芜爱称，也是他作的。你做未是博文学快版了。周林今気雄是日本实和大学中国文学研究会员，他现在的通信处，是日本山口县大津郡油答町地湖。又日在长崎市长崎大学系诗部教授中田壽勝待有而本艾芜吴滨市以是长崎大学快以。可以吉译学校向他学。

根在收到了，照例报微知市便如诗诗声寄寺待，祝

您1982年别来辛秘。此致

敬礼！

艾芜
1981年12月二十八日
于成都

艾芜写给古剑的信

古劍先生

你好

胡紹軒先生……

我因茅霍四紹斷信昨日……歲末患病入醫院，住院……

……羅家休養……已有箇多月，一起近旬來，我所患乃骨質疏鬆……及皮膚病，每日喝牛乳及鈣片，真與禪寺對皮膚癌中其中服止痒藥粉外搽止痒藥……末有一天間斷……

……不其劍外頭皮之痒則畫起……

畫作的帝內到九個月中其完全……以前便夜間發作搽他的止痒由

我今年已到97歲，也活得夠長了，自近回老友的時候到了，能捱到今冬，明年未必來矣。安在與方寄書於坐給人清……

饒宗頤先生今……中晚……蘇雪林拜上一九九三九十四……其香港……

苏雪林写给古剑的信

純文學出版社
（有限公司）

LITERATURE PRESS CO., LTD.
30 CHUNGKIKNG SOUTH ROAD SECTION 3
TAIPEI TAIWAN
REPUBLIC OF CHINA

（一〇七）台北市重慶南路三段三〇號

電 話：(02) 303-0161
301-6464

郵劃帳號：5333

1997. 6. 15

(11)   刊

June 15, 1987

古劍：

何懷碩先生明天赴港，正好帶这封信給你，帶上
70元美金給你備用，給我買书郵寄什么的。另我已託明照
買衣服，也帶500元港幣給她，你便中跟她通電話告
訴她来取好了。

你上次寄来单中介紹我買“北亭城精……”一書，我当
時也寄去了三四次目錄，以那些是英文原著，就没去買。还你
来信是否翻譯的？有無圖片？如是翻譯就買。还有楊絳
的新书（忘記名字）也不必買。我这次到港，因字胞三天，就
（偏減了一些该去的地方，实色不爽！

2你給鍾玲小姐寄给我私及先礼官四兄，我还好次日跟孔
先生吃飯，便問他有無，他自己一张也沒有，已告诉鍾玲小姐了告她
向报後資料室問，恐怕不容倘出此忌了。
（她对我讲）

又佳爭娜（？）郭世莱後的“攬菜”如果你们正好跟懷碩吃
饭，就请帮我買四罐来。（如果怀碩肯带回来的話，如不肯，就不必買）
火上，後編者！

海音

头"不大。施叔青 王纪两位的书子 前面呐了一篇和
作者的对谈 作序。较易叫引读者。如此作陈明。我
想，为了"撑场面"，你不必择取 两法：一、由作者写
一篇 以台湾读者为对象的自序，让他们写得长一些，
且介绍 创作历程和文学主张；二、用"与古剑书"
的办法，突出"古剑"，内容 由作者自便，但也不必是一
项什么 认真的法。 总而言之，陪你 坐在这世界的搭一条
文化桥梁 工作而不致"倒贴"，得想出"招"。

你想出什么"招"，如须我向作家 打招呼，请
告诉我。我当 尽力和他们写信联系。

沙叶新的《假如我是真的》 确实还没有排 出，
沙书有其他别，你 寄给一册，谢谢 我了一长度。

草草不尽，即顺 春安！

汪曾祺
一月十八尺 (1988)

黄裳写给古剑的信

守 书 人 文 丛

信 是 有 情

当代名家书缘存真

古剑一 著

ZHEJIANG UNIVERSITY PRESS
浙江大学出版社

前　言

　　这是我最后一本书了。之前曾将海外及台湾作家的信编成《两岸书》，交上海处理，至今未有结果，那就由得它了。

　　半生为人作嫁，接触海内外作家众多，聚集了不少作家书信。退休后，闲来无事，翻出这些旧物，重温这些书信。不意竟编出了《随缘》《聚散》《笺注》《两岸书》《信是有情》五本书信随笔，为文坛留下一些掌故一些资料，这也对得起那些作家朋友，并聊以自我安慰了。

　　文学史料专家陈子善兄，曾对我的《书缘人间——作家题赠本纪事》有过溢美。他写道："这些题赠本就成了这种交谊的可靠见证，成了古剑个人文学历程的一个别有意味的记录，进而也成为上个世纪六十至九十年代海峡两岸文学关系史的一个小小的侧影，甚至可补现当代文学史之阙，不管古剑自己是否意识到这一点。"这几本书信集，我想也可这样看待吧。

　　我这一生该做的事和能做的事，做完了，余下的唯清风明月。

　　谢谢浙江大学出版社愿意出版我最后的一本书，谢谢编辑人智先生把我早期写的抒情叙事小散文收为第三辑，这是难得而幸运的重现。这也是这本书特别之处。再说一声谢谢。

古　剑

2016 年 5 月 16 日灯下

目 录

第一辑

书 缘 札 记

董桥著作版本札记

　　董桥著作港台与内地三地一版再版了无数，要考其原始版本确有一定难度。宋浩兄编《董桥写字》，即有意作此尝，"然方开始搜集资料，便发觉此工作之难度超乎编者之想象，绝非一附录可简单交代"。

　　我藏有董桥由《双城杂记》至《读书人家》一套尚算完整的董桥作品，只前十几本港台两地原始版先后出版有点复杂，自林道群兄主理香港牛津大学出版社后，就一马平川，尽收眼底了。

　　1.《双城杂笔》

　　这是七十年代董桥游学英伦时，应明报之约写的随笔。当时有人出钱，诗人戴天主持，文化工作者翁灵文、编辑与书话家黄俊东任编辑创办了文化生活出版社。董桥的处女著就由他们出版了。1977年12月第一版第一刷。

　　我这本书得来也巧。当时与陶然与梅子正在铜锣湾闹区闲逛，抬头见一新开张的二楼书店——"小说精品店"（后改名"铜锣湾书店"）。三人信步沿窄梯而上，进去见书桌上堆了一叠书，翻阅之下，正是董的《双城杂笔》。每人各买了一本。回来于扉页题了"偶遇于小说精品店，爱而购之。一九九五年三月三十一日"，随即寄至《明报》，请董兄题签。几日后收到董桥寄回的书和一封短束，都是毛笔沾蓝墨水书之。短束如下：

　　　　古剑兄：谢谢来信，谢谢买了我的旧作。遵嘱题了数字，博兄一笑。近日较忙，改日当约晤。祝好　董桥　四.六书上的题签，尤见董桥的谦虚与幽默：

　　少作教人脸红，深悔当年眼低手低；古剑兄竟将之出土，不敢不认，聊题数语，以志污点。董桥　四．六

以题签的毛笔字与今日比，早年的俊秀，今日则老辣。
2012 年牛津以《小品（卷一）》，重印。

2.《另外一种心情》

这本书是董桥的第二本著作。曾被台湾称为"出版小巨人"的沈登恩，创办了远景出版事业公司，大展拳脚，出版了无数的台湾本地作家作品，又极力引进香港金庸的武侠系列，声势凌厉，一时无两。《另一种心情》，即是董桥在台湾出版的第一本书，由远景从香港引进，归入"远景丛刊 166"，于 1980 年 7 月初版。封面木乔设计（应是董桥自己设计）。

此书收二十九篇文章，一辑、二辑九篇是新收入，第三辑的二十篇选自三年前出版的《双城杂笔》。

我始终没买到这本书，后以六百元从网上拍来。董桥题签曰：

　　辜健拍卖回来之书，太贵了。董桥　二〇一〇年七月三日

3.《在马克思的胡须丛中和胡须丛外》

这是董桥的第三本书，是由香港出版的第二本书，素叶出版社 1982 年 6 月初版。

素叶出版社值得说一说。这是由香港中青年作家凑份办的出版社，有西西、许迪锵、何福仁等一批本土作家，出版了二十多本中

青年作家的作品，涵括了诗、小说、散文、文学评论等四大体裁。

这本印量小，最难寻觅，是好友兼旧同事叶辉 2006 年 7 月送我的，深感他的高谊。听说此书（非签名本）最近在香港新亚拍卖会上，以五六千元拍出。

书上由两位报社社长的题签亦不常见。叶辉写转送辜健，董桥题：

　　正是江南好风景，落花时节又逢君。辜健平安　　董桥①
二〇一〇年一月卅日

2012 年牛津出版了《小品（卷二）》，版权页上有说明：本书根据《在马克思的胡须丛中和胡须丛外》《另外一种心情》《辩证法的黄昏》及其他集外文重新编排出版。

4.《这一代的事》

此书又转往台湾出版，是董桥第四本书。归入"圆神丛书 9"，由圆神出版社 1986 年元月初版。这本书由董桥设计封面：墨绿色打底。由董毛笔自书"这一代的事"（套红色，特别抢眼，有万绿丛中一点红之妙），外套一长方形银色框。作者名亦银色。

这是董桥送我的第一本书。题：

　　古剑兄不弃。弟董桥　　八十六．三．二十六

让我惊异的是，自序这么短这么精练这么诗意，显出他的学问修养，以散墨、眉批等文言词，插入句中，尤让我喜欢钦佩，记忆深刻。

---

① 　白文方印。——古按

此书 2010 年牛津以布面重印出版。

5.《跟中国的梦赛跑》

此书是由台湾圆神出版社连续出版的第二本书，归入"圆神丛书 19"，1987 年元月初版。

如何觅得此书？是藏书家林冠中兄送我的。与董桥聚，他题签如下：

> 辜健尊兄觅得此老书。二〇一〇年四月九日在陆羽喝茶，座上有道群伉俪和林冠中。董桥

林道群至 2013 年才以真皮仿皮两种封面在牛津再次印刷了此书。

6.《辩证法的黄昏》

此书仍由台湾先出原始本，出版社换成合志文化事业股份有限公司。归入"当代丛书 10"，1988 年 9 月 10 日初版。迅速销清，两个月后的 1988 年 12 月 30 日再版。由于听说是港版《在马克思的胡须丛中和胡须丛外》的复刻本，没有买。后来听说加了四篇文章，想买时已没踪迹可寻矣。所藏董桥书仅这本是再版本，还是藏书家林冠中送我的。

这本书的内书名页，影印了董桥的一封信，实属难得，录下以供欣赏：

> 谢谢来信。履新事忙心忙，总要二三个月后始能定下来。中文大学半年，恍如读通一部儒林外史，现在文摘①，美国机

---

① 指《读者文摘》。——古按

构也，有点奉使记的味道。但求无哭无祸做一段日子。拙作清样已由中文大学□□□①校读一次，当即寄上。你要的文章我试试挤出时间想想写写，不一定能成篇。随缘就是。祝吾兄吾嫂吉祥如意　董桥拜年　八七.冬至日

董桥题签：

　　辜健得此绝版真难得，我都只存一册。董桥②　壬辰十二月

　　90年代，董桥在《明报》开专栏"英华沉浮录"，明报系的明窗出版社结集出版了十集。最初三集皆以"英华沉浮录"命名。董桥曰：来来去去一个样子，自觉腻烦，从四卷起，改为每卷以其中的一篇篇名为书名。这套书由1996年至1998年完成初版的出版。

　　7.《英华沉浮录一》，1996年3月初版

　　8.《英华沉浮录二》，1996年7月初版

　　9.《英华沉浮录三》，1996年10月初版

　　10.《留住文字的绿意》，1997年3月初版

　　11.《天气是文字的颜色》，1997年7月初版

　　12.《新闻是历史的初稿》，1997年7月初版

　　13.《为红袖文化招魂》，1997年9月初版

　　14.《人道是伤春悲秋不长进》，1997年10月初版

　　15.《给自己的笔进补》，1998年3月初版

---

① 　书名盖了无法看清。——古按
② 　白文长方印。——古按

16.《博览一夜书》，1998 年 3 月初版

明窗的这套书出版得格调不高，版式、纸张、装帧都不好，我不喜欢，没有买。后来向董桥讨了套台湾远流版的《董桥作品集》六册。书名如下：（1）天气是文字的颜色；（2）红了文化，绿了文明；（3）竹雕笔筒辩证法；（4）锻句炼字是礼貌；（5）给自己的笔进补；（6）酒肉岁月太匆匆。

这套书以软精装出版，作了归类编辑，书后附录了董桥为明报版写的九篇序言类的文字：《小序》，《这不是序》，《一点说明》，《楔子》，《引子》，《小序》，《小序》，《自序》，《自序》。这样的编辑就带点学术性的味道了。董桥携来赠我时，他说："我也喜欢这个版本。"这套远流版，六册皆 2000 年 4 月 1 日初版。董桥题签如下：

辜健仁兄喜此台北旧版本寻出一套博笑　董桥①　甲申年惊蛰前一日

这套书牛津 2012 年再印，编为六册，书名仍冠之"英华沉浮录"。

17.《没有童谣的年代》，2000 年牛津初版

18.《保住那一发青山》，2000 年牛津初版

19.《回家的感觉真好》，2001 年牛津初版

20.《伦敦的夏天等你来》，2002 年牛津初版

林道群兄主持牛津大学出版社中文部后，上述四书是牛津第一次出版董桥的原始版本。从《没有童谣的年代》起，董桥中文新著的版权每年一签，从此就全归牛津旗下，除了那些原始版权在台北

① 白文方印。——古按

的，亦重新签约出版牛津重印本，董桥所有新著的原始版权全在道群手中。这四本书是我在一要关门的小书店"红叶"买的。我是当一套书来看的。所以董桥写下风趣的题签：

　　辜健兄珍藏此书，还有三册，只要我签此册，省得我手酸，谢谢了。董桥① 二〇一〇一月卅日

　　2000年牛津取得董桥版权，香港天地图书公司颜纯钩请刘绍铭教授主编了一套"当代散文典藏"，其中收入董桥自选集的两本集子：

　　21.《品味历程》
　　22.《旧情解构》，皆于2002年初版。
　　不记得当时的情境了，怎么的心血来潮，深夜董兄叫他的司机开车到我居处附近，为两本书题签，若不是他的题签早就忘了何年何月何时了。《品味历程》题：

　　二〇〇七年五月二十九日夜十一时卅八分到田湾村访辜健在七．十一架上签此给老朋友留念。董桥

《旧情解构》题：

　　辜健兄吉祥　董桥二〇〇七年五月二十九到田湾访老友甚高兴。

----

① 白文方印。——古按

现在读到他当年的题签，那年深夜的情景历历浮在眼前，深为他的真情实意感动。真是难得的探访，难得的情意和友谊。现在也不能忘怀，深更半夜下班后赶来穷乡僻壤与我会面的高谊仍使我动容。

23.《从前》

此书是牛津出版董桥作品精装本之始。朦胧红色花影纸质封面，套以油纸式的塑料纸形的护封。上印"董桥""从前"，简约大方，雅致可人。2002年初版。再版三次。

《从前》首版之年，正逢香港文学双年奖之年期，《从前》被评为散文奖冠军。

董桥题签：

> 寄给古剑兄消遣。董桥① 癸未立夏后

24.《小风景》

此书装帧别致，为方形精装本。红色布封面，配红色流云衬底，书内首次附印董桥收藏的齐白石、傅抱石、李可染、胡也佛、陈半丁以下的名家字画（包括英国版画），可以一本小画册视之。一面读文，一面赏画，是双重的享受。牛津2003年初版。再版两次，版本也改了形式。

此书是董桥寄给我的，在他给我的信中，曾提及正在编此书，附录他收藏的字画，并说印出后要送我一册。董桥题签更诗意：

> 放翁诗云：人间万事消磨尽，唯有清香似旧时。此书文字

---

① 白文方印。——古按

风华磨尽，只有那几十幅丹青壄供古剑老兄消闲。　　董桥①

癸未立秋后三日

写到此可收笔矣，以下的董桥新书原始版本，皆为香港牛津出版。台湾、大陆再无原始版本了。脉络清楚，不拟再录。

2015 年 8 月 22 日于无墨斋

---

① 　方印。——古按

董桥传真信五通

　　董桥被冠之为才子，一点不为过。他自幼修习古诗词，习练书法，会弹钢琴，读书广博，见多识广。到如今开花结果了，成了香港和海峡两岸著名的散文家。这样说还是有点窄了，应该说是华文区最著名的作家之一。他的书卖得很好。更有甚者，那些喜欢他的书又有藏书爱好的人，更是以高价求得他的签名本。有人组织他的签名本去内地网上拍卖，编号"1"的那本多以四五千元拍出。很巧，这位"董迷"，我也认识。在香港新亚书店的拍卖上，我看到存世甚少的《在马克思的胡须丛中和胡须丛外》（非签名本），就被香港一位藏书人以五千多元购去，连那本没签名的《小风景》现在也卖出八百元了。所幸我有他整套的散文集子，或题签或题赠。他的散文集最初两本由香港出版，后来的几本由台湾出版，再后全归了牛津，最初的那几本其他出版社出的书也由牛津编辑整理再版了。

　　有了电脑之后，传真机没落了。二十多年前传真机可是编辑的利器，传稿及与作者通信既方便又快捷。可惜的是那些信很难留下来，字迹都退化变白而看不清了。近日翻抽屉，竟然翻出董桥五通传真信，或许压得很实，字并未全退白，还看得清，今录下也是珍贵的史料了。

　　2003年，董桥任《苹果日报》社长兼总编辑，我任文学杂志《文学世纪》主编。当编辑的总想拉到名家的好稿，于是有了下面这些"传真信"。与董桥初识时，他从英国回来出任《明报月刊》总编辑，我在第三度复刊的《良友画报》任执行主编。由于《明报月刊》的经理哈公，是认识的福建同乡，他曾介绍我的一篇写书法刻印家的文章给董桥发表，我们相约在铜锣湾的一间印度尼西亚餐厅吃饭，从而认识而成了朋友。那是 1985 年，转眼间已是三十多年的事了。

他实在太忙，对文章又执着，不随便落笔，所以他曾许愿："万一忽然可以有点闲情，一定给你绣几句细活。"当然是泡汤了……

（1）

古剑兄：

　　示拜悉，谢谢。

　　报馆编务、业务部都要理，我每星期写三篇专栏已经够吃力了，其他文章不太可能兼顾了。你知道我不随便写，要随便写，一天写三篇都没问题。当然，万一忽然可以有点闲情，一定给你绣几句细活。

　　《从前》还有得写，将来退休再说了。牛津在弄插图本的《小风景》，夏天也许会出，出了一定送你一本。都是我收藏的字画，那是我工作之余的生活乐趣了。

　　写施老的《晚香》影印给你。

　　祝好

董桥　五月二十六．二〇〇三

董桥有品位，有识见，又有中国文人的雅好习性，很早就收藏中国字画竹刻竹雕笔筒。在他的《小风景》一书中，首次披露了他的一些藏品，此书亦可当小画册来欣赏。

我像许多读者一样喜欢董桥的文章，但很少读到关于他散文的评论，因此我就乘编《文学世纪》之便，想组织一些文章来发表。那时正好认识深圳大学文科的相南翔教授，就约他写了一篇。据我所知，董桥对台湾杨照的那篇较满意。

如果没记错，这一年香港文学双年奖，他的《从前》一书被评为首奖。我得悉，根据我对他的了解，估计他不会出席颁奖礼——

因他内向而且向来低调，不事张扬。果然他"我不会去，老兄知我深矣！"就把这"浮云"打发了。

我在《文学世纪》上搞过不少"专辑"，反应最佳、最受欢迎的是"淘书乐"专辑，还看到有人拿到网上去卖，卖得了好价钱。这期的淘书者，都是读书界的名家，有姜德明（淘到孙文的签赠本），有陈子善（淘得周作人签赠林语堂的《陀螺》），有李辉在日本淘日侵华史料的经历，有方宽烈的淘书乐，有许定铭的淘书史，有陈智德上北京淘书，有胡洪侠、侯军在香港淘书……可惜的是没有约到台湾淘书大家秦贤次、应凤凰诸家的稿，"淘书乐"就缺了一块。

董桥读后说："关起门来说一句，内地作者文章确比香港强。一笑。"

(2)

古剑老兄：

非常谢谢寄来相南翔文章。我最怕重读自己陈年旧作，相先生所引都是我的老东西，无从查对也不敢查对，随它去吧。35 页上栏那"饿"字删掉可也。

虚名如浮云，来去无主，连挥一挥衣袖都不必。得奖颁奖更无凭，我不会去，老兄知我深矣！

你们上期施先生专辑很可读，此期淘书乐也别致，我都看了。关起门来说一句，内地作者文章确比香港强。一笑。

顺祝冬安

董桥　二○○三年十一月七日

记不得哪位大家说过，写作是苦差事，在香港写限时限刻的专栏稿更是苦差事。我也写过几家报纸的专栏，最后"顶唔顺"只得自动请辞，所以董桥的苦我是知道的。但有责任心的编辑，总想请名家"以光篇幅",所以一再逼迫董桥,现在想来也是自私的。

过去投稿用稿的规矩,是一稿一投一用。一稿两投是犯规的,如此做的人被视为稿德不佳,有人发现还会到报刊上举报。因此董桥一篇已在台湾刊过的文章,陶然拿去放在他编的杂志上,所以董桥说是"违规"。如相隔异地又如何?两方都要用该稿,双方还得商定于某月同一日刊出,方合规矩。我用过董桥一篇稿就是这样做的。

而今我见过有的小青年的小文章竟在四五家报纸重刊,很感不可思议。前几天在香港与一资深编辑闲聊,谈起他编的杂志,他说现在的人写稿处理稿件都不如以前认真了。我想这也是文学被边缘化的结果吧。

(3)

古剑兄

　　谢谢来信。谢谢你读我的小文。报社工作量大,每星期又要写三篇短文、一篇长文。时间都不够用!休息日只好含饴弄孙为乐,说什么也不愿意执笔了。你不难想象此中之苦,乞谅了。

　　陶然硬拿去一篇台湾《壹周刊》早期登过的旧稿,其实违规,以后也不能这样做了。

　　匆祝

平安

　　　　　　　　　　　　　　　　弟董桥　十一月二十四日

近日又找出两封传真信,一并录于此,以存鳞爪。

(4)

古剑兄:

　　谢谢每期寄《文学世纪》给我,我都拜读了。这段日子兼任总编职务，百事丛集，连自己专栏都无暇执笔，遑言其他。你们"猛稿"如林，有我无我都无所谓。将来有好东西一定给你们。

祝好

董桥　四月六日 2002

（5）

古剑：

谢谢传真。

欧梵文章写得有味道，那是学养的流露，虽短短几百字，骗不了人的！

文中所引一句"不负月明几许人"，应为"不负月明能几人"。顺告。

祝

好

董桥　四.十　2002

董桥走到如今，端的是一步一个脚印。他写完《养字》一文后，扎扎实实地完成他的散文时代，开始他的书法时代。他 7 月份有本书出版，一半是已发表尚未入书的散文一万多字，一半是书法选辑。正是他跨越两界的记录。

自新加坡的书法展后，其势一发不可收拾。亮相台湾后，此时正在广州展出。每换个地方，价码都提高一次。一样求者众多。此展尚未结束，新加坡一个基金会又约他去办展。相信他当初也没想到会这样受欢迎。因此我请他悠着点。他回说"对了，要悠着点"。

2015 年 6 月 18 日草于无墨斋

《绝色》里的温情

董桥《绝色》一书，两篇写藏书票，其余的都写英国老版旧书。在一篇《会说话的插图》中，写中国的插画家戴敦邦和英国插画家赖格姆。蔡若虹看了戴敦邦的画，一位小青年向他请教戴画的特色，蔡说，他的画的最大的优点就是会中国话。那位赖格姆的插画也是会说英国话的。

其他各篇写的英文老版本，有《荒原》初版本，奥斯汀《理智和情感》1811初版本，蓝姆全集，小开本五册的狄更斯的圣诞节故事，《鲁拜集》，都是皮封面，色彩还很鲜，漂亮极了。董桥说：我不是藏书家，是痴恋老岁月的老顽固，偏爱的老书家里都藏着好几种版本。这些书搁在案头，他的书房顿时飘起大英博物馆阅览室里那股蠹鱼气味，在他的散文里也沁入了英国絮语的贵气。

董桥和英国老书结了三四十年的缘，从限印本、签名本、袖珍本，一路集藏到初版、绝版、收藏版，真皮装帧和古典藏书票始终是他戒不掉也不想戒的深爱。

《绝色》是一本淘书录，记述了他在三四十年之间淘古书的经历和感受。他不着重于书的描述，而是通过觅书，带出一个个爱书人的情貌及与一位位书商的交情。文中透露着一些温情一些情趣，也点缀了一些制书艺人和插图家的素描。

从未看过皮装书，看到近百年过去，图片中书的色泽仍如此鲜艳，仿佛看到那些爱书人的爱惜，才使书在岁月中无损，堪称绝色。

董桥这些年在牛津出版的书，每本的开度不一，装帧不一，其实也给中国出版者一点启发，中国书也可对一些经典名著来点新思维、新装帧，土洋结合？我买过一本陆文夫的《美食家》，是古吴轩出版的，两块厚纸版当护封（有书名插图，亦是封面），用丝带系起，解开丝带，展现是一本完整的书，完整的封面，很有意思。孙犁、汪曾祺，其实可以选些精品出些贵气的、装帧让人耳目一新的书，找人画些精细的插图，精致的木刻更佳。

中学时曾读过缪塞的一本小说，内容已忘光，但里面的插图——一书痴站在梯上拿起上层的书在翻阅，极精细极生动——至今仍浮现在眼前。

叶灵凤叹藏书不易

从 4 月开始南方的天气开始潮湿，进入 6 月更又雨又潮。这几天开了抽湿机抽湿，关窗闭门，十二小时就抽出一小桶水，连抽四天就是一大桶，其湿度真吓人。一友人离开三月后今日从港回来，电话中他说，他衣橱里的一件冬衣已发霉了。

前几天，我打开书橱门，嗅到一股湿气。还好没线装书，这种书更易吸湿着潮。前年从港归来，因长时间没开窗，三张挂在墙上的字画全霉了。一是华师大校长访港时送的，一是福建作协副主席请闽一级书家写送的，一是上海朋友金石书法吴颐人二十年前送的。现在全毁了，都有友情在，重裱也不是。

今日看书，读到叶灵凤日记一则，叹的真是面对潮湿之苦：

六月十三日

香港天气潮湿，最不适宜藏书，易霉易生虫，令人防不胜防。唯一方法唯有勤加翻阅，然这方法对于书籍稍多的人实行不通，唯有尽量轮流予以搬弄拂拭而已。连日太阳甚好，遂将书逐一晒一下太阳，再加拂拭，然后放回原处。有些许久未经翻阅所以都已发霉生虫，对之束手无策。要将全部中西书籍都整理一遍，这是一个很可怕的大工作，只得逐一零碎去做了。在香港，藏书是不易的。

若那时有抽湿机，叶先生就不必那么辛苦了。
在我经验里，珠海的天气比香港还潮湿。确是恼人。

旧事说分明

《文苑缤纷》，罗孚著，香港天地图书出版，280 页，65 元（港币）。

白色封面，下绘七凳一桌，错落其间，各色纷陈。封面可以干净评之。

罗孚，广西桂林人，1948 年入《大公报》，至 1982 年幽居北京十年止。2005 年《新晚报》创刊，兼任编务，直至出任总编辑，并与黄蒙田合编《海光文艺》。他是著名报人和散文家，还是工委的成员，负责统战工作。后以"间谍罪"，拘留北京。十年后回港，售其所藏齐白石黄宾虹画作、撰稿度日。

《文苑缤纷》是最新出版的散文集。分为二辑：一为"文苑缤纷"，写了不少作家朋友，如叶灵凤、曹聚仁、高旅、聂绀弩、姚克、小思、黄蒙田、吴其敏、杨刚、金庸等；第二辑为"岛居杂文"，写的是人与事的感怀，也涉及一些珍贵的文坛秘辛，如夏公一封信、巴老一句话、王匡徐复观一段诗缘、诗人公刘与香港的缘分、金尧如（前文汇总编辑）揽月摩星词、胡乔木为祸聂绀弩，等等。

对于我来说，当然最关心香港作家的一些史料。如叶灵凤和鲁迅的骂战，是谁挑起的？是叶，正如施蛰存先生的，那时不需勇气。文中引了不少原始资料，令人耳目一新。

还有如姚克，与鲁迅交往密切，斯诺还是他带给鲁迅认识的，做了不少有益于革命的工作。因在港拍了《清宫秘史》，内地由于"革命"的需要，即刻变成"卖国主义"，其实是用这部电影打刘少奇而已。"文革"后，出新版《鲁迅全集》，那条关于投靠反动派的注释，"改邪归正"，写了客观的注释。出版部门写了封信给姚克道歉，不知姚的地址，寄给罗孚转，姚已去了美国，罗也不知他的地址，就留在罗手边。现在这封信成了"文献"，藏着不少信息，是研究某时期文学的见证。

此书中两篇是我约来登在《文学世纪》上的，有一篇关于周作人的六（？）封信，是我发出的，书中却没收入（不知何故），这也是关于周作人的重要资料。因《知堂回忆录》是曹聚仁促成，罗孚把它登在《新晚报》上，"革命形势"一变，北京有令，就腰斩了。本想要移到《海光文艺》，因风雨欲来风摧树，未能如愿，《海光文艺》也停了，不然会有二度腰斩。

夏公一封信，这封信是给范用的，罗孚留了复本。信中谈及罗孚："在大转折大动荡时期，历史常常会捉弄人，有时甚至很残酷的……对他们给以友情的慰藉……应该说是古道可风……罗孚回京后可请他来舍一谈，当然我并想了解这件事的底细。"夏衍对罗孚是理解和同情的。巴金也是。

无尽的思念与艾芜的六封信

　　艾芜先生是我最喜欢的作家。20世纪50年代在上海念大学读到艾芜的《南行记》，就深深地喜欢上了，几十年来，仍留下难忘的记忆。1980年我曾想对他的作品写些感受或评论，给他写了信，向他讨要《中国当代文学研究资料——艾芜卷》。他无私而慷慨地把"文革"后重印的书都寄给了我。可惜香港生活太磨人，为一家生活常日夜都要工作，才能过日子。所谓的研究只能是妄想，成了我永远的愧疚。

　　在我的藏书中，我最珍惜的是他的"南行"系列——《南行记》《南行记续》《南行记新篇》《漂泊杂记》。"杂记"是他从缅甸回到上海时写的，可视之为《南行记》的草稿。三四十年代在上海出版后就绝版了，到"文革"后的1982年才再版。这一系列都是艾芜先生先后签赠的。我们之间的通信，断断续续有八年之久。后来他再作两次南行，写的《南行记续》与《南行记新篇》已没有早年的光彩了，特别是他抒情的气质没有了，不再温润自然沁入读者心中。

　　辜健先生：

　　　　接读来信，知道您要我的作品目录，我即向四川大学中文系，要了一本《中国当代文学研究资料——艾芜卷》，这是中文系教师毛文、黄莉如编的，现邮寄给您，请查收。

　　　　关于《我的青年时代》一书，是写我自己在昆明的一段生活，内中所举人物的姓名，都是真实的，可以说是回忆录。

　　　　关于创作年表，日本长崎大学教授中田喜胜，曾编一本小册子，有些是根据香港书刊，不免有错误。香港文教出版社出版我的《短篇小说选》，只根据北京人民文学出版社的第一次版本，未征求我的意见，因此，在书的底封面上，介绍我的履历，说我是一九〇八年生，这就错了。我是一九〇四年生的。中田喜胜先生的书，也说是一九〇八年生，显然是根据香港出的书刊，我已去信日本长崎大学，请中田喜胜先生校正。我希望香港文化界出版界印书的时候，要仔细一点，不要太随便。有些事情可以写信向作者查问。

"四人帮"押我四年，可参看今年《人民文学》三月号我写的一篇关于回忆"左联"的文章。

"文化大革命"后，我再出的几本书，有《艾芜短篇小说选》《南行记》《南行记续篇》等书，及四川人民出版社出的《丰饶》《夜归》，都各选一册给您，请查收。今后要什么，请来信告知。

　　此致

敬礼

　　　　　　　　　　艾芜　1980年9月29日于成都

艾芜的影响波及海外，单是日本就有两位教授研究他的《南行记》，还有所大学的学者值得尊敬和佩服。艾芜过世后，他的家人把手稿和信札等物要送给内地的一些图书馆，被拒绝。而日本的某大学接受了（一时记不起它的名字），花了不少钱把它整理出来。最后赠给中国现代文学馆。我是深为同胞的那些图书馆感到羞愧的。

他的无数作品中，影响最大和最受评论家青睐的还是新中国成立前的创作。新中国成立后创作的小说，或许是受时潮的影响，或许受一些教条的干扰，失去原生态的灵性自然，海外的反应减弱了，外界评述也少了。

辜健先生：您好！

　　您要一些资料，大都散见在杂志上，让我得闲清理一下，再设法寄您。

　　你在我家看见的那本《鸦之歌》，一共译了我十个短篇，译者是油谷志津夫（本名冈林镇雄），《艾芜小论》《艾芜赏书》也是他作的。出版者是博文堂出版部。冈林镇雄是日本爱知大学中国文学研究会会员。他现在的通信处，是日本山口县大津郡油谷町挂渊。又日本长崎市长崎大学教养部教授中田喜胜作有两本《艾芜赏书》，是长崎大学出的。可以直接写信向他要。

　　相片收到了，照得很好，如方便的话，请再寄三张。祝愿1982年创作丰收。

　　此致

敬礼！

　　　　　　　　　　　　艾芜　1981年12月28日于成都

　　艾芜先生有时也会托我办些小事，作家无不喜欢搜集自己作品的不同的版本，他托我找香港版的《南行记》，我就没做到，辜负了他的信任。

　　徐四民先生是缅甸的侨领，被驱逐回国，后来移居香港。从事贸易外，他还创办了一本时政杂志《镜报》，报道内地的时政新事和中性的评论，获好评，使读者读到右翼之外的报道和评论。他出版了自传性的《一个华侨的经历》，我读后曾写过一篇评介。因同是缅甸华侨，我想艾芜先生也许有兴趣一阅，写信问他，才知道他们在"文革"前的人代会上就见过面，是老朋友了，那本《一个华侨的经历》徐先生也寄给了艾芜。

辜健先生:

您好!再一次收到寄来的照片,至为感谢!

香港出的《南行记》,不用找了,太麻烦您了。

徐四民先生的《一个华侨的经历》,他已寄来一本,还收到他的来信。记得"文化大革命"前,北京开第三次人代会,在人民大会堂见过一面。

我寄给你的几本杂志(挂号寄的),里面有谈到拙作的论文,打算供您参考,不知收到没有?

您想提出一些问题,要我回答,如果不太难,可以抽暇回答。此致

敬礼!

艾芜 1982年2月12日于成都

我本想提出一些问题——如他代表缅甸去新加坡开共产党的会等事——向他求证,后来考虑到一些问题在当时或许太敏感,又知他手头的事很忙——出外开会,编修艾芜文集,还得按期交研究诗经的专文,因此我放弃了计划。

康馥同志:

您好!因为忙于写作,又由于出外的会多,好多该回的信都没有及时回。迟回您的信,务请原谅!

今年六月去北京开文联委员会。七月又到江西省庐山参加由全国文联举办的读书会,顺便在长江的轮上,看看武汉的长江大桥和宜昌附近的葛洲坝。又在重庆小住两天,看看山城的新建设。八月又去北京参加一个大会。前几天还到江油县参加李白逝世1200年纪念会。

还有一个繁忙的原因,是我的文集已出第一卷,第二卷第

三卷得赶忙编，有些作品须重新看，并加以修改，费的功夫大。另外，还为云南人民出版社编写《南行记新篇》，最近已交稿。青海西宁市青海师范学院中文系编的《中小学语文月刊》，从十月份起，连载我的《诗经新解》，都得按期交稿。

您寄给我的报刊复制文章，还不及看；此间《社会科学研究》月刊编辑部的万来根同志就借去看了，仍未还来。他是业余研究我的作品和别人的评论的。这也是迟回信的原因。

你近来有什么新作没有？

云南人民出版社将重新出我的《漂泊杂记》（三十年代出过第一版，以后就没有印过），收到时，将赠送你一册。

祝您

身体健康！

艾芜　1982 年 10 月 28 日于成都

1981 年成都香港首航，内地邀请香港新闻界访问四川，我有幸得被邀约，访问了青城山、大足石刻等名胜。最难得的是还偷空去拜访了艾芜先生，得以在客厅的大圆桌前与他畅谈。艾先生是位内敛诚恳朴实的人，说起话来细声细气，没有大作家的张扬，显得很谦虚。这给我留下很深的印象和好感。

我们第二次会面，是他任团长的首次"内地作家访问团"访港。因活动不少，聚谈的机会没有了，只在几个场合有简短的交谈，我为他和香港作家拍了不少合照。

首次访问四川，我想访问的还有流沙河，他因公外游而未能得晤。

辜健兄：您好！

您给流沙河的信，我已转交。他还在外面开会，没有回来。

我身体还好，每天上午总要坐下来，写点文章。今年只在青海师范学院的学报上发表一篇研究《诗经》的文章《"朝"的新解》。《南行记新篇》一书，将在今年七月出版，届时当奉上一册。

最近四川少年儿童出版社选印完成文学作品一本，都是以前的旧作，现送您一本，请查收。此致

敬礼

艾芜　1983 年 5 月 18 日于成都

自 1983 年 5 月之后，我与艾芜先生失联数年。因那年转去一传媒任职，工作之繁重，头绪之纷繁，压得我连气也喘不过来，无暇他顾了。到我抛去那份工作，才得有喘气之机，才有闲给艾芜先生写信问候，才有闲帮台湾的痖弦向内地的老作家约稿。

但他年事已高，又有病在身，关于痖弦的约稿，自然未能践约。下面这封信是他给我的最后一封信。

古剑先生：

接来信，知道您身体健康，工作顺利，很是高兴！

我今年一月间，在家里跌了一跤，伤了腿骨，在医院里住了几个月，至今尚未复原。写作停了，只读点报纸而已。

《联合报》副刊主编痖弦先生托您向我约稿，我很高兴地答应，一定要写。只因有病在身，不能很快动笔。请您转告痖弦先生，表达我的歉意。

敬祝

健康！

艾芜

1988 年 6 月 9 日于成都华西医科大学附属医院

在艾芜住院期间，在我主编的《文廊》刊发了香港作家采写他的图文并茂的文章。喜爱他的读者，借此了解他的近况，也算是及时之作。他逝世后我写过两篇纪念他的小文，与他对我的关爱实在太不相衬了，深深内疚至今。

2015 年 6 月 23 日于无墨斋

流沙河：独无兴趣见大人

　　与流沙河通信认识近四十年，至今尚未晤面，真有缘无分也。认识他的作品更早，那时我还是高中生，在《星星诗刊》读到他的《草木篇》，是以草木喻人性人格，形象而生动。后来毛泽东这位大诗家亲笔将之判为"毒草"，掀起了全国性的大批判，流沙河也被驱至人生谷底，戴着"大右派"的帽子，由成都被赶回他的老家金堂县改造，由要笔杆到拉大锯，日出而作，日落而息。在他的回忆录《锯齿啮痕录》有详细的记录，令人读来心情沉重。

　　1981 年我因受邀参加香港新闻访问团前往四川成都等地访问，就准备在成都一定要去拜访艾芜与流沙河二先生。拜访艾芜如愿了，可惜流沙河因事外访，错失见面晤谈的机会。艾先生把我留下的信转给流沙河后，开始了我们之间的通信。他告诉我他是写短篇小说不成器才改行写诗的。那时孙静轩、叶文福受到批判，海外捕风就是影，有人为他俩叫屈。正如流沙河所说的："文学界舞棍者想开倒车者当然有的是，疯子和大炮正好给他们帮了忙。相反相成，事情就有这么复杂呢。"开放之初，诗歌之红火，与今日之冷淡，真是冰火两重天，不可同日而语了。

(1)

辜健先生如晤：

　　11.29 信悉。杂务丛聚，未能及时作覆，祈谅。敝刊《星星》寄上十二月号一本，请指教。此后将每月按时寄上一本。我在《星星》做普通编辑工作，因体弱多病，蒙同志们的照顾，减轻了工作量。但个人的信件与稿件收量仍大，闲访客也不少（其实没什么重要事），所以不免终日碌碌。年到半百，未能弄出像样的东西来，惭愧。1979复出后写了一些诗，收在两本集子里，将在明年秋天出版。听艾芜同志说你是做研究工作的，届时当奉上请教。五十年代中期出版过两本诗集，早绝迹了。短篇集《窗》也是那时出的，也绝迹了。你说过去的《明报月刊》有短文介绍此书，我尚不知。若便当，烦抽暇复印一纸赐我。此书写得很幼稚。我是写短篇不成器才改行写诗的。

北京《诗刊》十二月号有拙作长诗一首写山海关明末失守导致亡国的，过两日当奉上一册请教。

诗歌销路不好，主要是历史原因造成的。那些年假大空的韵文（不能叫作诗）败了读者胃口，书店卖不出去，所以至今书店仍有旧印象，不愿进诗，要数少，出版社也就印得少些。其实好诗仍吃香，短期内一销而空，购者往往向隅。

写诗的队伍庞大。北京《诗刊》每月来稿一万多件。敝刊每月也有七千件。我的内助在敝刊做收发工作，她有统计数字，谈不上危机。

四川诗界平静，整个文学界也平静。《幽灵》不是在四川刊出的，外省有的批得热闹些。四川没有公开批任何作品，只是讨论讨论而已。你的不安也是有根据的，因为确实也受了一些影响。其实关键不在于批不批作品，而在于搞不搞运动。只要不搞运动，批作品也是正常的，不会造成波动。

孙静轩同志现况很好，无论领导方面与一般同志对他都很好。他的生活、工作、待遇都未受任何影响。他主动作了检讨，领导方与一般同志都欢迎他，但也指出他的检讨有欠求实之处。他本人素有走极端的毛病。海外替他叫苦，毫无好处。海外人士之好心者有时由于对实情欠了解，极易致误，把孙静轩（还有叶文福）当作了不起的人物便是一例。他们只是好出风头，求名之心太切而求实之心太差，且又不学无术，目空一切，一位绰号叶疯子，一位绰号孙大炮。出事之前，不听劝说。一旦批了，又惶惶然不可终日，悔恨不已，只差自我批颊了。何苦来呢！

文学界舞棍者想开倒车者当然有的是。疯子和大炮正好给他们帮了忙，相反相成，事情就有这么复杂呢。

我不喜欢发疯放炮，同时厌恶舞棍倒车。我赞成继续解放思想。

港报港刊这里没有。我在研究台湾诗，可惜手中材料太少，只有刘济昆寄来的三四本而已。没奈何，已上马，将在散刊每月写一篇台湾诗的短文，共十二篇，已写出两篇了。济昆是我的好友，一个胸襟坦白的热心人。匆匆草此。

撰安！

流沙河 81.12.18

流沙河给我留下最深印象的有两件事。一是他的爱情。正是他跌入人生谷底，原有的一切都被剥夺了，如贱民般地放到农村去拉大锯讨生活。一位年轻演员，不管不顾地注销了成都城市户口就跑到金堂乡下与流沙河结婚，过苦日子，这是很感人也很悲壮的事。更没想到的是多年后，据说是"一个屋里容纳不下两个聪明的脑袋"，他们分开了，离婚了。真是人生难测。他的太太何洁，不知何故曾来香港，住在寺庙里，后来又回去了。

另一件是开放之初，他得到刘济昆和我寄去的台湾诗人的诗集，成了大陆最早研究台湾现代诗的人之一，而且取得可喜的成绩，他写了《台湾诗人十二家》还有《十二象》等书。台湾那些被他论及的诗人都对他的研究很认同，用现在的时髦话来说就是"点赞"。他对飞碟很有兴趣，叫我帮他买有关飞碟的书，这是出乎我意料的。我介绍了与他有同好的散文小说家张君默给他认识。大概是八四年，在成都的大学教书的钟文，曾给我投过稿，他不知怎的就到香港来了。余光中当时还是有点敏感的人物，他叫我介绍余光中与黄维樑给他认识，我带他到中文大学见了余黄，在那个年代钟文访问了余黄二人，想必回去后也很难做文章的。气氛不对，禁忌很多之故。钟文转入深圳大学教书，到了大风暴期间他积极投入，不得不远走他乡，自我流放去了巴黎。那日子当然是彷徨的。他利用以前与学生的关系，做起法国与大陆的贸易生意来，发展颇为顺利。后来环境变好了，他回归上海，做法国某公司的大陆总裁，又接手白桦、沙叶新等经营不善的"上海老饭店"（最近2015年8月广西师范大学出版社出版了他的自传体纪实文学《那趟从不停靠的列车》，非常精彩），住别墅开靓车养番狗，仍不忘老本行，还注册了一间出版社，自由自在地做他的老板了。

（2）

剑兄：

你的8.31信我在9.10就收到了。蒙你为钟文引见黄维樑与余光中两先生，谢谢。

钟文和我关系很好。他自港回来后，向我谈起了你的近况与为人达观大而化之之类，还谈到你待人的热情，等等。你托他交给我的一只打火机，使我十分惊喜。我这人是很土的，未用过这类洋玩意儿，所以敬纳之后，每日十五次使用（可知我的烟瘾了）。我很看重这件礼品，以其睹物思人也。

惠赐之贵刊每期收到。张君默先生的三个短篇以写视幻觉的那篇为最佳。我与张先生通过信，他曾赠我一本与林文伟合编的说飞碟的书，还替我转过一篇说飞碟的稿子给《科技世界》，还赠我一本《粗咖啡》。请你将张先生的通信地址抄寄我，我想给他写信。

奉上近作一首，今日脱稿的。请指教。若以为适用于贵刊，不胜荣幸。若不适用，罢了就是。

我身体欠佳，胃常疼。内子何洁亦常生病。儿女都长得牛高马大的，唯不嗜书，令人失望。

我已开始写回忆录，将在本市的《青年作家》连载。恭叩
编安

流沙河 十月十八日八四年

《星星》收到了？

(3)

古剑兄：

音问久疏，拜读 10.30 函，甚快乐。

年初曾去马尼拉访问半月。去来皆未在港停留，但临窗俯瞰灯珠织绣之香港地图轮廓而已，歉甚。此后再未外出，一直居家读书，抑郁不欢。贱躯又多病，省内邀游，都谢绝了。兄已不在《良友》，不妨放松一些。每觉港人太劳累，难以理解。蒙兄操心代管 160 港元，谢谢。若顺便逛书肆，请代我买新近推出的说 UFO（飞碟）的书，或说灵魂鬼怪的书。再次谢了。拙荆移驻灌县后山尼寺写作已两年，以本名何洁发表了一些作品。山中太苦，阴瘴袭人，近来罹疾，只好回家（家楼临街太嘈杂），边医边写。

此信投邮同时，有拙著《十二象》一册奉上请教。收到可

能较迟。恭叩

　　笔健

流沙河顿首　一九八七年十一月十日

　　国内作家出访美加东南亚的多借道香港转机，而流沙河出访菲律宾，却未在香港停留，香港他认识的作家诗人也失去相聚畅谈的机会。流沙河曾寄过一篇长诗给我看，读后我批评了这首诗，说这不是你该写的诗。也许他研读余光中等台湾诗人的诗作多了，后来他的诗风变了。我帮他介绍给香港的刊物和我编的副刊上发表，认识他的诗的人也多了。我们的通信稀稀拉拉，有时十年才写一信。没想到的是十年间他不再写诗了，家庭也散了——那么勇敢而壮烈爱情夭折了，实在令人惋惜。他与同行的编辑重组了新家，过着平静安稳的生活。远离喧嚣热闹，独无兴趣见大人，换了副笔墨，写他的随笔去了。

(4)

古剑先生：

　　光阴易逝，鸿断或有十年了。忽得来信，见字迹依旧，自感快活。支票亦收到了，想不起是哪一笔稿费了。

　　十年间我的变化甚大。一是不写诗了；二是家庭散了，儿子余鲲跟我生活，今已独立成家；三是重组新家，内人吴茂华在四川人民出版社《龙门阵》双月刊工作。所幸者体虽瘦而无疾病，退休三年来远离热闹场，全国作代会亦不去，自撰云：偶有文章娱小我，独无兴趣见大人。遥叩

　　新年安乐

流沙河　九六年十二月二十六日

(5)

古剑兄：

　　信走得太慢了，十三天今日才收到。与兄隔绝音书十余年了。我自从不写诗以后，就与诗友失联系了。遵嘱寄上拙著《书鱼知小》，请指教。不涉文学，收入书中的皆昔年给上海《新民晚报》所作短文，知识性的，供消遣耳。我眼有疾，畏屏幕光，不能用计算机上网。兄要"尚书"二字寄上。文学刊物内地大不景气，愈办愈感到累。《昔年我读余光中》一文今年二月份载于上海《文汇报》"笔会"副刊，欢迎采用。敬颂

　　笔健

流沙河 05.5.13

黄裳信札随笔

（一）

在我与作家的通信中，黄裳的信算不得多，只二十多封，最多的是施蛰存老师，一百五十多封，已编成《施蛰存海外书简》出版，后来又找出二十多封，来不及录入书中了。此次我只想抄录黄裳比较有意思的信十三封向读者披露。

我最早读到黄裳的著作是香港三联 1981 年 11 月出版的《山川·历史·人物》，读后觉得他有点历史癖，文笔有点民国遗风，有点宽泛的文言文遗绪。我颇喜欢这样的文字，于是记住了这位散文家。有幸的是，1985 年内地作家访问团来港访问，我在活动中认识了他。他长得肥肥胖胖，沉默少言，你说三句他大约只回你一句，不会像其他作家有时会问问你香港的一些问题。认识后，他题签了几本香港三联出版的著作送给我。读了《珠还记幸》，我被他书中所写的作家书于彩笺的手迹吸引。那时我在《良友》画报任执行主编，有约稿权，最先所约的稿就是"珠还"。所以他信中说："拟原件挂号寄上，这都是彩色诗笺，在《良友》刊出可以照原色刊，非常有趣。"后来彩笺以原色刊出，跟《珠还记幸》的黑白照真是不可同日而语，漂亮极了！他看了很高兴。

（1）

古剑先生：

来信及因照片早收到，俗冗未得及复，希谅。访问记能否发表，何时发表都无所谓，我并不重视这个，而具有时觉得惶悚，此意你可能理解。

昨天遇李小林，她也提到你。她下月十日将到广州（收获与花城开会），可能到深圳。她提到专栏的事，我的意思是不一定挂牌子，那样太拘束。敦煌游记就和嘉峪关一样，独立发即好。找出了一些师友字幅，过两天想写一点如"珠还"那样的文字，如找不到摄影者，拟原件挂号寄上。这都是彩色诗笺，在《良友》刊出可以照原色刊，非常有趣。

又，今后如有我的文字发，请另给我两份（只要拆下的零页即好）。

施老先生收到你带的东西非常高兴。住得远，我们也不大见面。匆复即叩

撰安

黄裳　十月廿九日（1985）

（2）

辜健先生：

大札奉悉，照片亦收到。谢谢。

访问稿不急。专栏事不敢答应，因已有之专栏亦常常脱空，不敢再增新的"绞索"了。敦煌稿照前发即好，不必挂专栏牌子。我还有一些名人手迹，还可以写些"记幸"那样的文字，到时再挂牌子不迟。不过也要过一段时间才行，近来忙得不可开交也。

蛰存先生处东西早已交去，并无过关问题。听说他现在是每天吸两只雪茄过瘾，这也是一件好事。匆复即请

编安

黄裳　十一月七日（1985）

(二)

我当时有一想法，若将这些"记幸"印成一本书，一定很漂亮。我告诉他这个想法，他来信说："《良友》的印刷质量极好，你上次说可能印一本漂亮的书，我倒大有兴趣。如真有此好事的老板愿意承担，当将过去所发表的一些奉寄。但这也是随便说说，且看机缘罢。"这件事也真是随便说说，并没有办成。多年后的2006年4月，北京三联重印了《珠还记幸》（修订本）已是厚厚的一本大书（418页），印出来的彩笺也彩色的，黄裳的凤愿才达成。

在这期间我出了本小书《有情人间》，奉上请教，他多有勉励之词。

(3)

古剑先生：

惠赐大作已收到，谢谢。浏览一过，颇有兴趣。记施蛰存先生文尤有意思，其中有情感，言外不尽，正是好散文的要素也。

《良友》也收到，敦煌一文插图，月牙泉与千佛门外的两个说明颠倒了。想是拼版时临时贴错，更正与否，没有太大关系。

"珠还记事续编"写成后再寄。匆此复谢。即请

撰安

黄裳　十二月十三日（1985）

(4)

古剑同志：

来信及样张，又原迹两页都收到，请勿念。制版效果极好，看了使人高兴。今后发表请随意处理可也。

前两期《良友》所发游记，是我与一位老朋友同游的记录，他是司丹福大学的教授，不知从哪里听到消息来买的。稿

费请便中交给《大公报》的潘际埛兄代收即可。他已退休住香港北角七姊妹道×号×楼×座。

匆复即叩

撰安

黄裳　三月八日（1986）

今后发表时，每次多寄我一份样张，甚盼，因可剪贴也。

这些"珠还记幸"发表后，喜好者曰美不胜收。有一天老板走到我的办公桌前说，"这些东西太高级了"，暗示读者不多，该适可而止。我把此事跟黄裳说了，黄回信也表示："上司既然说这些东西过于'高级'，当然也是有道理的，可以间隔了发。"端着老板的饭碗，老板之意不可逆，以后又刊了几期才停止，已不复记忆了。黄裳对于有喜好诗笺的"嗜痂者"，颇为高兴。

那时大陆刚刚开放，台湾适逢"解严"，《良友》为沟通两岸，让一些著名的老作家重新"出土"，辟了个报道两岸老作家的专题，每期一位。我知道黄裳与钱锺书交好，请他写一篇钱锺书，他婉拒了——说他写过多篇，拟不再写，介绍我去找《人民日报》的舒展。舒跟钱先生说了，钱先生却拒绝。他给舒展的信中说，这样做"'有插标卖首''卷帘卖色相'的味道，和我很不对劲"。所以此事找了多人，费了九牛二虎之力也没办成。我觉得钱锺书的自我调侃，不仅是他的幽默风趣，也显示了他的傲气。他不为访问所动，是他满满的自信使然。

（5）

古剑先生：

寄来的样报和作者原迹，都先后收讫。只以忙迫，未能即

· 39 ·

复，憾憾。

上司既然说这些东西过于"高级"，当然也是有道理的，可以间隔了发，其实我也觉得有些篇的作者知名度不高，也是一个原因。现在又寄上巴金的一篇，或稍好些。

《良友》的印刷质量极好，你上次说可能印一本漂亮的书，我倒大有兴趣。如真有此好事的老板愿意承担，当将过去所发表的一些奉寄。但这也是随便说说，且看机缘罢。匆祝

撰安

黄裳　五月十二日（1986）

（6）

古剑先生：

信悉。珠还记幸补有嗜痂者，闻之甚慰。但趣味较狭，一般读者不易接受亦是事实。总之，对良友印刷之精美我是感谢的。真能传原迹风貌，在报刊上都无法做到也。

钱锺书，我也写过几篇了，拟不再写。据我所知，北京《人民日报》的舒展，对钱极钦佩，也有过从，且写得好，不妨一试，约他写如何？（附笺介绍），地址即写北京《人民日报》。

前得潘际坰兄信，知我稿费（良友）已通知他，不知他已代领否？如他嫌麻烦，可暂存尊处，由我将来支取亦佳也。

又想托你买一些稿纸（商务印书馆有售，薄型报"我的稿纸"）买四五本即可，挂号寄下，用费由稿费扣，或记账将来投稿再说，如何？

匆祝

刻安

黄裳　九月廿九日（1987）

（三）

大约是 1986 年吧，我离开了《良友》到报社去服务。离开，说白了是钱作怪，其次是自尊——照规矩是每年加一次薪的，而这一年突然不加了。正好有报社老总找我，一气之下，我走了，报社加给我两千元，何乐而不为。

香港报纸的专栏副刊，在当年可能是华文报里独特的风景。它是"井田制"，一期副刊，大约是一万至一万一千字之间，一版里被分割成横七竖八大大小小的方块，最大的一块大约一千字或八百字，小的则四五百字。这些方块的堆砌还得有错落有致的美感。副刊往往是拉住读者的角色，有些读者就如追星族一样，是为追读某些作者的专栏而天天买一份报的。

作者每日按专栏指定的字数每日交一篇稿，有的作者更按专栏的样式，在稿纸上画一份，每日只在稿纸上填字数，因此写专栏又称"填格子"。这样的编辑是蛮轻松的，除了组创之初要寻不同专栏不同内容的作者略为麻烦外，每日上班，那些作者已将稿传真过来，先堆放于案头，编辑只要审读一遍交给打字员，就等着看大样了，有时真闲得发慌。

正巧当时老《华侨日报》换了老板，老总要找人编一版文艺周刊，托人找到我，我觉得易于应付，且一周才一版，就拿下了。我给它取了个名"文廊文艺周刊"就开张了。黄裳也就成了我"文廊"的主要作者，他给我写了不少"故人书简"，印象深的就有沈从文和钱锺书的。施蛰存老师只给我写过一篇，我也请黄裳写施蛰存的信，他回信说："施老常有信来，所谈些词学书籍事，太枯燥了。"他就没有写。

香港写报纸专栏还有个特殊的待遇，我干过的两家畅销大报，每到年底专栏作者还享有"双粮"的优待，如你每月稿费是六千元，年底那个月就可拿双倍——一万两千元，别的地方好像没有这个"创新"的制度。当然，经济变差后，这份写稿"双粮"也取消了。

我离开《良友》几年了，黄裳有次来信问起稿费的事，说真的，我已离开不便再参与其事，嘱黄直接写信至良友财会部问。不过，据我所知，那段时间《良友》已陷入困境，顾问马国亮先生也移民美国去也，那点稿费也许是没着落了。

以前作者稿费大多由财会人员按作者名单到银行一笔笔汇去，颇费时费事。后改为给作者开出个人支票直接寄去，作者收到支票，带上自己的证件到银行即可兑现。起初寄出支票时，我还需告之到银行兑现的手续，后来连黄裳也觉得手续简便，要求今后照此办理为好了。

(7)

古剑先生：

真是抱歉得很，接到来信已经很久了。因为近来久不执笔，文思全无，想等写点什么再给你回信，于是就搁下来了。直至今日。寄上一篇小文，看能用与否？

副刊想已开张，如有多余的报纸，寄两张来看看。

又，《良友》的稿费，至今未收到。您看是否再问一下或作罢，乞酌。前得马国亮兄函，知他已移居美国了。匆此即问

近好！

黄裳　十一月五日（1992）

(8)

古健兄：

奉到手书，同时收到稿费 380 元（港币），已去银行拿到，手续简便，今后若再寄，即照此办理为好。

剪报也收到。

作家手札有一点，但不多，能借此作点文章的更不多，等我找找看。有时间，还想投稿，但题目难找耳。

施老常有信来，所谈些词学书籍事，太枯燥了。匆此即请

近安

附还稿费通知单一纸，乞收

好！

黄裳　3月8日（1993）

(9)

古剑兄：

稿费都先后收到，谢谢。

前两天寄上一篇"故人书简"，是纪念叶圣陶翁的，想已收到。又有忆师陀一文，附呈。

此外，还找出了一些朋友信札，拟陆续写些纪念文字。

近状如何？香港有何新出好书？既希赐教。匆此即问

刻安

黄裳　九月十一日（1993）

(10)

古剑兄：

前得贺年片，谢谢，迟复为歉。

检旧箧，又得友人信札多通。其中钱锺书信有十余通，先寄上四通，余陆续寄呈。此公书札甚美，中有故事，亦留文坛掌故，可存也。

复印两份，不甚清晰，或可用。匆祝

撰安

黄裳　二月廿一日（1994）

黄裳给我的信中曾涉及复旦陈思和的小纠纷，具体是怎么回事，已不复记忆，有兴趣的朋友去翻旧资料是可写成一小文的。看看黄裳如何以一文答"当代学人"的讥评，应是很有趣的。

(11)

古剑兄：

赐信收到。钱锺书信函尚有一段，日来忙迫，未动笔，当写好奉呈，作上中下三次印亦好。（今日写毕，附呈）

所属将小纠纷事加以说明，此事甚小，因我写一文说《围城》盗印本，中提起钱氏赠书事，为陈思和君所见，颇加讥评，我亦以一文答之，援引钱跋中所言"后世学人"之言，而称之为"当代学人"。此事说话长，且非数言可尽，其实事本琐细，亦无待深论。我不拟多加一段，即如此见报使人回思不尽，岂非妙事。乞谅之。

文如发表，每份乞寄两份，为感。匆祝

近安

黄裳　三月十一日（1994）

在黄裳给我写稿的"文廊"阶段，"故人书简"写得最多，也因为这些文章，老辈作家的书札保留下来了。其中我留下最深印象的是《宿诺》《卞之琳的故事》写沈从文张充和与卞之琳的故事了。

自退休不编刊物后与黄裳就失联了，由于对他的文章之喜爱，那时刘绍铭（教授、散文家）正为香港天地图书公司编名家散文集，我向刘教授推荐黄裳散文，他编了一册《好山好水》。

(12)

古剑兄：

手书早收。稿费（前两篇）亦已收到，请释念。

又奉上沈从文书简一文，似不无文献价值。沈书由香港出版，影响不小，必能为学人所注意也。他所说的"妄人"，不知何指，能一考定否？

匆此即请

撰安

黄裳　六月十七日（1994）

(13)

古剑先生：

久不通信，忽奉瑶函，为之一快。知近状并劳你花钱买拙著多种，作家以读者为衣食父母，渐感何亟。

"珠还"特印本投赠将尽，余书拟自存玩赏，未能幸贻，歉甚。

港天地拟刊我散文集，亦曾得友人见告。刘教授未见。区区小事何足当意，承大力推荐，尤感，然亦不必在意，出书与否，皆不足在意耳。余不一一。

顺颂

撰祉

黄裳上　〇七.一.廿四

多年后我得悉他出版了一本《珠还记幸》特印本，可惜信息不灵通，迟了，向他讨要，已是"'珠还'特印本投赠将尽，余书拟自存玩赏，未能幸贻"了。花五百多元买了《劫余古艳——来燕榭书跋手迹辑存》，算是对黄裳著作之最后致敬。

渡海的暗夜掌灯人姚一苇

  姚一苇（1922—1997），是台湾享盛名的美学家、评论家、剧作家。我是读到他的《欣赏与批评》，始知姚一苇其人。若要攀点关系，他是我的学长，同是施蛰存门下学子（他是抗日时期的厦门大学，我是"大跃进"时的华东师大）。在这集子中有一篇《浅谈写小说》，谈到他抗战时在长汀厦门大学念书，常到施蛰存老师处聊天谈文说艺。他说："我记得我大学一年级的时候，也和大家一样尝试写小说，曾经把我认为得意的作品送给施蛰存教授看，他劈头把我骂了一顿。他说：'这不是小说，这是你呼号出来的东西，你所写的这些人物，没一个是你所了解的，连表面的了解都没有。你假如有志写小说，你必须去观察人生，观察你能把握的东西。你只能写小孩子！'他最后一句话，当时把我激怒了，他认为我只能写小孩子，是我奇耻大辱！过了很久，我才能把这个问题想通。我觉得施先生的每句话都是对的。"他在厦大就读期间以写小说为主，在刊物和报纸上发表过《翡翠鸟》《输血者》等数篇小说，到台湾后似乎放弃了小说，而以创作剧作为主。

  80年代台湾"解禁"，内地开放。姚一苇的名剧《红鼻子》不知怎得到了大陆公演，那时（1982年）北京上演了他的剧作《红鼻子》，演了六十多场，颇为轰动。后来上海也演了。施老师看到后，在《新民晚报》上发了篇《红鼻子的作者》，剪寄给我。

  施老师的文章，说的是他与恋人在厦大南普陀后山"越轨"，有人向学校举报，校务会上多数老师说应开除，唯施老师独排众议，说只要他们真相爱并于毕业时结婚，就不该开除。这一意见多数人接受了。姚保留了学籍。

有了这种因缘，我写了封信约他写篇施老师在厦大的稿，连同那篇小文章，通过远景的沈登恩转给姚先生。过了很久，才收到他的回信。此事虽使他啼笑皆非，"与事实颇有出入"，但他因施老师过了几十年还记得他这个学生，非常感动。信中所说《遣悲怀》，是他悼念夫人的文章。

(1)

古剑先生：

我前日才收到远景转来您四月十三日大函，真正不可思议，也令我啼笑皆非。

施老师还记得我这个学生，虽然所记之事与事实颇有出入，但无论如何，我是非常的感动。施老师病体如何？这是我非常挂念的。他的年龄已近八十，或许吃过不少苦头，不知他近来有无好转？乞便中示知。

施老师的小说，我年轻的读过不少，他的心理描写，特别是对女性心理的描写有独到之处。可惜手边无数据，光凭记忆是不能下笔的，我想还是由您来写比较妥当。

施老师没有教过我的课，因为我念的不是中文系，但是他是内人范筱兰的老师，当年我们常常去看他，获益不少，所以和自己的老师一样。不幸的是内子已于今年元月十七日谢世，连一读老师的文字的机会都没有，言之唏嘘！

附上拙作《遣悲怀》印影一份，如果可能的话，能否转呈施老师一阅。拙著蒙奖掖，并此致谢。

敬候

时祉

姚一苇敬上　十．廿三（1986）

姚一苇是个念旧的人，心胸也开阔。几十年后，他的剧作重回祖国与观众见面，施老师却在报上抖出了年轻时他不甚光彩的旧事。他没有怀"恨"在心，既惦念施老师的健康，还热心为施老师寻购他要的台版书，托我转寄给施老师。这份情真是难得啊，也够感人的了。

继在大陆公演之后，他的《红鼻子》又被日本搬上舞台，日本方面还邀他前往日本观看演出。台湾《联合报》连续两天在副刊上刊出《红鼻子，在日本》的报道，他嘱我转寄施老师，让他老人家了解他的近况，他也是要告诉老师他长进了，多得他当年的一骂吧。

我去台湾时，约他见了面，那时他的前妻已过世，很快续了弦，生活美满。

(2)

古剑先生：

收到来信已经很久了，因为实在忙而乱，连去街上找书的时间都没有。直到上周才将施老师要的书找齐，由水路寄上，不知收到否？收到后烦请转施老师，至感至感。

又我的剧本《红鼻子》最近在日本演出，他们邀我赴日观剧，此间联合报于本月十八十九日刊出《红鼻子，在日本》一文，亦烦请转送施老师，让他老人家了解我的近况。

你寄来的《良友》已拜收，非常谢谢！

专此敬请

文安，并祝

新年快乐

姚一苇敬上　十二．廿二．一九八七

他说忙，绝非托词，他主职是银行工作，还任教艺术院校教戏剧课程，又与朋友先后编辑文学杂志《笔汇》、《文学季刊》、《现代文学》，培养和提携了一批有才华的青年作者，比如陈映真、黄春明、施叔青、林怀民都是在他鼓励和识拔下成长起来的。60年代起来的乡土派作家，那时都围绕在他和尉天骢的身边，茁壮成熟，开拓出与主流文坛不同的另一片文艺天地。

施老师80年代出版了名著《唐诗百话》，内地一版就销了七万册，美国哈佛大学的孙康宜教授还把它当成教本给洋弟子传授唐代诗歌。施老师希望这本书能出港台版，我把这事跟姚一苇说了，是想请他介绍门路。他也没门路，只向我介绍了台湾出版社的一些情况。我联系了认识的痖弦的洪范，有熟人在任的联经，香港的天地图书，都没办成。后来还是在台的施老师的另一位弟子，把这事办成了。《唐诗百话》于是有了大陆和台湾两个版本。成全了施老师的心愿。

(3)

古剑先生

　　大函敬悉。施老师之《唐诗百话》及小说拟在港台出版，当然是好事。不过此间出版社老派的多，故步自封，作法陈旧；而新派的不甚可靠。我想起一家洪范书店，痖弦是老板之一，书出得够水准，您不妨写信给他们谈谈。他的通讯处，可寄联合报副刊收。不过销路方面不可估计过高。能销二万册已是十分畅销的了。盖此间读书风气不若你想象那样。要印多少我想痖弦是深懂行情的。

　　您新换工作滋味如何？我想一定很忙。不多写。

　　专此敬候

　　时绥

姚一苇敬上　二.廿四.八八

姚一苇原名公伟，原厦门大学老师王梦鸥，赴台后任教大学，受一书店之请，主持出版一套外国文学丛书，他约姚公伟参与翻译，并给他取了"一苇"的笔名，从此无论创作或评论都用姚一苇，以后知一苇者多，识公伟者少。这位王梦鸥请他到文化大学讲戏剧，向学生介绍说他是典型的书呆子。

他赴台初时，因名字雷同，被牵连进一件所谓的"叛乱"案，坐了近一年的冤狱。从此少交游多读书。60年代办《笔汇》，尉天骢上姚家玩，有一段可窥探姚一苇思想的对话。我不妨把尉天骢的回忆录于此：

> 姚向尉天骢介绍他的女儿："她叫海星，你们知道我为什么替他取这个名字吗？"
>
> "难道与鲁迅有关？"
>
> 他说："正是。鲁迅的儿子叫海婴，我女儿叫海星，这是我对他的敬意和学习。"
>
> 接着又问："你们知道鲁迅说的哪句话给我印象最深刻？——那就是他在遗嘱上吩咐儿子的一句话：不要做空头文学家！"在他书房门口的布帘上，尉天骢还看见印了鲁迅手迹的"横眉冷对千户指，俯首甘为孺子牛"。

尉向他约稿，他说现在没有文学，不写。当他在《笔汇》上读到陈映真的《我的弟弟康雄》等篇后，他写稿了。到《文学季刊》时，《笔汇》的原班人马外，又增加了刘大任、王桢和、黄春明、施叔青、七等生等新人。为了相互学习和提高，每月在姚家聚会一次，由他选一篇小说，作深入的分析，指出它的优缺点。由陈映真笔记，再整理发表。他是最早评论这些新锐作家的文评人。由于姚先生对戏剧有深的造诣，"国立"艺术学院创办时，他创立了戏剧系并任系主任。他很长的一段时间，是做着文学青年的孺子牛的。

1989 年他重回故乡，到上海时特意去探访了施蛰存老师。施老师来信说，他是秘密回来的，只见了施老师和他的表哥。

姚一苇、在台湾还是多面手，除了剧作，还写了不少文学评论的书如《戏剧与文学》《文学论集》，白先勇留学美国时把《现代文学》的编务交给他。文坛称他为"渡海而来的举灯者"。我和他只见过一面，去台北办事时，他来我借居的地方见了面，请我吃了顿饭。就匆匆分手。没想到这已是诀别。

姚一苇过世后，陈映真这样评论他："历史终究让姚一苇先生成了暗夜掌灯，让荒原绽开点点鲜花，让沉寂的旷野传出音乐的人。"

2011 年 4 月 14 初稿于无墨斋

2015 年 7 月 7 日修改

痖弦：两岸文学交流第一燕

　　有些往事是不容易忘记的，适当的触碰就会闪出脑海。

　　近日痖弦作了一次大陆的"文学之旅"，足履武汉、郑州、南阳、福州等城市，并被故乡南阳市邀为作协名誉主席。这使我想念起这位老友，翻出他六十几封信重读一遍，勾起不少已沉落的记忆。

　　痖弦有不少以实绩撑起的头衔：诗人（《深渊》《痖弦诗选》等，三次入选"台湾十大诗人"），文学评论家（《中国新诗研究》《聚繖花序》），编辑家（《幼狮文艺》十五年、《联合报》"文学副刊"二十一年）。在我看来，诗使他的名字响亮而久远，而他用心最力的是他的编辑事业。当我叹编辑苦时，他对我说："刊物工作虽苦，但有意义。你年轻，应该坚持下去。我反对人家说编辑工作是为人作嫁，我认为它是神圣的事业。"类似的话，他对别人也说过不止一次。之所以是神圣事业，因他提携不少新人，接续了文学薪火。现在的名家蒋勋、席慕蓉是他提拔的。诗人席慕蓉有一则故事广为人知。事情是这样的：她投稿给痖弦，痖弦回长信指出哪句好、哪句有毛病、应该怎样修改，一一加以辅导。席慕蓉感动之余，体谅痖弦的辛苦，投稿时对痖弦说，你只要把好句划上红线，差句划上蓝线，退回来我改就可以了。就这样红线蓝线地来来往往，就造就了一位影响两岸的诗人。

　　为寻找可造就的作者，痖弦还把触角伸向香港的杂志，和陈义芝一起从一大叠香港杂志里发现了西西。于是她的小说在"联副"发表，在"联副"获推荐奖，在洪范一本一本地出版。西西逐渐受到众多读者的赞赏，红了起来。因她的书都在台湾出版，有的人还以为她台湾诗人呢。没有痖弦这一次的"掘宝"，西西可能还在香港低调地写作，更别说进军大陆了。后来我也约西西写稿，还有赖于痖弦的介绍。这样做，又怎能不视之为神圣事业呢？

痖弦幸运地抓住时代的机遇，经历了他做编辑的辉煌年代。当年两大报《联合报》《中国时报》副刊的"王（痖弦）高（信疆）之争"，使副刊由静态变为动感，拓展了文学副刊的广度和深度，其所掀起的"纸上风云"时代，影响深广，也会载入副刊史册。但他的有所得，是他付出了全部心力换来的。如他退休后曾在信中跟我说，当编辑近四十年，"累得到今天好像还没有休息过来。真的是一生的精气神都摆上去了"。

我与痖弦是同行，二三十年来操持的也是报纸副刊和文学刊物，因此接触较多，尤其八九十年代，由于时代的机遇和我的地利，使我成为他编外的"助手"，来往信件频繁，帮他做成一两件事，对他的成功也就有些微的了解。

在我的感觉里痖弦是爱书人，年轻时四处搜寻旧书、史料，研读前辈诗人的诗集，以营养自己。他在1978年写的《中国新诗年表（1894—1949）》及《中国新诗研究》中对废名、朱湘、王独清、孙大雨、辛笛、绿原、刘半农、戴望舒、康白清等早期诗人的评介文章，不但佐证他之爱书，也使他成了在台湾最早介绍大陆诗人的人。这点，我在他年轻时的诗友杨牧的文章里得到印证："痖弦爱书，不但喜欢看书而已，还一心设法去拥有书。"遇上难得的书，不能拥为己有，他就手抄，据杨牧亲见的就有苏俄的《文艺与批评》《艺术论》《演员的自我修养》，及不知多少中国四十年代残存的所谓"禁书"。这不但开阔了他写诗的视野，对他当好编辑也起了大作用。当编辑的怎能不爱书呢？还得像黄裳说的要"杂"。

当编辑要眼观八方，用脑思量，因此副刊内容才能常常出彩。

痖弦就是这样的编辑。我记得他的副刊搞过"传真文学"，哪里出新闻，文学之笔就伸向那里，紧扣社会；他策划过"全民写作"，召唤平民百姓拿起笔，抒写生活和人生感受，后来还编辑成书；他还提倡过"极短篇小说"，以配合时代的节拍。后来极短篇在香港报刊盛行，可能与痖弦在副刊揭橥"极短编"有关，起码在他的启发下，我东施效颦，把"极短篇"推向极致，在我的副刊玩出"五分钟小说""一日完小说""一周完小说"来。

他出的点子与我有关系的是，台湾"解严"之后，他的目光已扩展到大陆，知我有些大陆前辈作家的人脉，要我帮他约些稿。我以为痖弦这次约稿方式，似乎可入编辑课的示范教材。且录于下，以留鸿爪：

古剑兄：

施先生答应写毛笔字给我，太好了！请先我代我谢谢施公。

现将老一辈作家为联副写稿出的题目（参考性建议性的）列在下面：

施蛰存：忆戴望舒、刘呐鸥/忆上海"新感觉派"诸友/忆
《现代杂志》

许　杰：忆文学研究会/忆郁达夫/忆王以仁

师　陀：我的"庐焚时代"（早年文学生涯）/林语堂与我/
我与《论语》杂志

柯　灵："孤岛时期"的上海文坛/我早年的文艺生活

辛　笛：英伦生活忆述/《珠贝集》、辛谷与我/我的诗
生活

贾植芳：我所知道的胡风/我的文学生涯

王西彦：我的小说生活/我参加过的文学社团

端木蕻良：我所知道的东北作家/忆萧红/忆孙陵/创作经
　　　　　验谈

萧　　乾：《大公报》文艺副刊回忆/沈从文与我/欧洲生活/
　　　　　台湾旅行印象/笔会与我/从《人生采访》一书谈
　　　　　我的报道文学创作观/谈书评研究

艾　　芜：云贵边区忆趣/我的小说创作观

以上是我试拟的，多半是回忆文字性质，如果诸公不愿提
过去，要写创作文章，尤为欢迎。至于流沙河、蔡其矫、邵燕
祥、汪曾祺、高晓声、陆文夫等中年作家群暂不约稿，列为第
二波。将来要约，也请兄帮忙。

《百话》洪范还在考虑中，如决定出，即与施公签约，请
再等一下。

祝福

弟痖弦上　77（1988）.4.27

这份名单和所拟题目，对16岁离乡，台湾又将大陆作品均列
为禁书的时代的痖弦来说，他要偷读多少禁书垫底，费多少心力拟
题，是可以想见的。他这种体察入微的约稿方式，不仅显出邀稿者
的功底，也使长期隔绝的前辈作家知道写什么，不致因政治时空的
差异而造成"脱靶"。其细心处，值得体会。

说到痖弦的点子，我觉得最有创意的是"两岸作家春节拜年"
专辑。连第一代作家冰心婆婆也请到了，专辑刊出大获好评，痖弦
很高兴。两次来信报喜："贺年专辑在台湾受到赞美，你帮了我们
的大忙。"（89.1.26）"来稿已全部刊出。这个专辑成功了，要感谢
你的相助。"（89.2.10）当然还有这年的骤风乍起，即邀约了大陆

作家在联副上"发声",亦是让人印象深刻而独有的。

痖弦在推动两岸文学交流上,不遗余力,大概是 1989 年,他飞去广州搞个组稿会,因未向官方报备,败兴而归。他曾对我说:"当编辑二十年,能为三十年代文坛前辈服务,这经验真新鲜、真珍贵,也是我无上的光荣。"但大陆作家的稿子,他发得多到连台湾本土的作家都在抱怨:"登那么多大陆的稿子,你们《联合报》到底是为谁办的?"

为了两岸文学交流,痖弦敢为人先,是台湾媒体第一只穿梭来去的燕子。

我曾建议这只燕子把他与大陆作家来往的书简,编辑成一书,以留下难得的史料。还帮他想了个书名《两岸书》。当时他说是"好主意",但不知他动手了没有。

巧遇诗人赵瑞蕻

　　说真的，我对赵瑞蕻先生相当陌生，年轻时爱读诗，买过不少诗集，好像也没读过他的诗。到了匆匆于中文大学巧遇时，才知他是南京大学的教授。

　　巴金先生来港接受荣誉博士学位时，我和《良友》同仁马国亮、陈培生两先生去中文大学宾馆拜访他。晤谈结束，巴老签名送我们他在香港三联出版的新著。告别巴老，我们一起到宾馆后旷地散步，闲聊。此时中文大学教授黄维樑与一人也在附近漫步。黄与我很熟，他看到我把我叫过去，把他身边的人介绍给我们，这就是赵瑞蕻，是南京大学教授，应邀来中大讲学。他人高高瘦瘦，头发灰白而微卷，很精神，看得出他年轻时一定俊朗潇洒。我们拍了照留念。

　　后来收到他赠送的这本诗集，是"诗人丛书"之一。他是温州人，朱自清曾在温州十中教过他哥哥，写过一篇著名散文《绿》，是朱先生游温州名胜梅雨潭的感受。因此他打小就知道朱自清之名，还看过朱先生批改他哥哥的作文，后来在长沙临时大学（西南联大前身），见到朱自清，谈起梅雨潭，还相约抗战胜利后再同游梅雨潭。赵瑞蕻的诗从温州起步，他取书名《梅雨潭的新绿》，我想他有暗示自己对诗歌的期许和纪念朱自清先生之意。我的旧藏中有他的一封信，录存于下：

　　古剑先生：

　　　　去秋在我离开香港前夕，收到你所摄赠的照片三张，非常高兴，极为感谢！理应早日回信道谢，只是我回南京后忙于为研究生补课，看读书报告等，同时身体也不大好，所以就耽误写信了。殊感抱歉，敬请多多原谅为幸。

那天我们在中文大学宾馆巴金先生住处巧遇，除你外还有马国亮、陈培生、叶桂良诸位先生在一起欢聚合影，真是难得。我今年九月初还要到香港一次，是应中文大学的请去参加中西比较文学讨论会的，希望那时我们仍在吐露港畔重逢，那真是太好了。去年12月28日《人民日报》第八版上有拙作诗一首《金色的晚秋》，赠巴金先生的，如见及请诸位多指正。

现随函奉赠拙著书两册，作为纪念，并请予教正。余再谈。

匆此即颂

编祺并致

1985年新岁的敬礼！

赵瑞蕻

1985年2月28日于南京大学中文系

马、陈、叶等先生代为问候不另，谢谢。

另外，我还需要三张（那张我个人在室外照的，半身，双手合拢，站着的那张）照片，如果可能的话，请代加印寄下，非常感谢！又及。

他的诗歌仍属浪漫主义范畴，没什么突出的地方，或许其具认识作用，也像那时的诗歌一样，有时代风云的倒影。在纪念闻一多的诗中，我才知道暗杀闻先生的凶手于1951年伏法。他虽为诗人，好像就出过一本诗集，就是《梅雨潭的新绿》；而他最有影响的可能是《鲁迅〈摩罗诗力说〉注释、今译、解说》。

记得施蛰存先生在"文革"时辅导天津自学德语翻译的青年之

信中，提到赵瑞蕻搞德语翻译。但他名气似不如夫人杨苡女士被人提得多。

他是翻译家，40 年代翻译过《红与黑》。我读的是华师大教授罗君玉译的《红与黑》，在六七十年代，此译本最走俏。他毕业于西南联大外语系，新中国成立后一直在南京大学任教。50 年代初在德国当访问教授四年。

我初识他后的 1999 年，他突因心肌梗阻过世，享年八十四。

2012 年 6 月 30 日

张弦与《挣不脱的红丝线》

还有多少人记得张弦呢？他于 1997 年逝世。

80 年代他也是两次获得全国短篇小说奖的人物，那就是《记忆》和《被爱情遗忘的角落》。

在"文革"开始前夕，写爱情已是"风雨欲来"的压抑。一入"文革"，爱情题材就成了批判的靶子，瞬间消失于文学作品之中。"文革"后，爱情小说才冲出地表，重见天日，重回人间。张洁、谌容，还有张弦，这些人爱情小说，一出来就引起强烈的反响。而张弦可说是专注于爱情小说创作的，他也被文坛称为最擅于写女人的作家。他写爱情却意在社会，即描写政治历史经济激变中的爱情处境、人的悲苦。记得王蒙说过，他的小说是严肃作品最好读的，又是好读作品中最有容量的。若有人研究新中国成立后的爱情小说生态，这是个有趣的话题——它也会因政治风向而浮沉，更因政治而起落，外国作家是无法感受其中的悲喜的。

我认识张弦是 1986 年，那年他不知何事来了香港。

某日《文汇报》副刊编辑白洛（小说家），打电话给我，约我出去喝下午茶。到了湾仔天乐里的一家西餐厅，白洛介绍我认识了张弦。他头发有点卷，略瘦，一脸倦容，不知是他那些天太累，还是过去的苦难留下的疲劳还未消退。

这时他签名送给我这本《挣不脱的红丝线》。在那时来说，这是本很精致的精装本，布面，有数幅很有味道的插图，不知何人所作——翻遍全书都没标出绘者，对插图者实在不够尊重。

也是这时才知道，他是杭州人，1934 年出身于上海，毕业于清华大学钢铁机械专修科。他于 1956 年开始发表小说和电影剧本，五十年代中写了《上海姑娘》，即被改编拍成电影，再写了一篇，1958 年就被打成"右派"了，沉入"地狱"二十年。"四人帮"倒台后才重返文坛，写了些好小说，1979 年起重回文坛，以《记忆》《被爱情遗忘的角落》，先后获 1979 年和 1980 年全国优秀短篇小说奖。著有小说《未亡人》《挣不脱的红丝线》等，其中许多作品由他自己改编为电影。《被爱情遗忘的角落》获金鸡奖的最佳编剧奖。

我问他：近来写了什么？

他答：小说少写了，主要写电影剧本。

香港很少放映大陆电影，我也没法看他写的这些电影。

因 1987 年香港新亚洲出版社和台湾新地出版社的朋友要我介绍些大陆作家的小说给他们出版，我开始和他通信，因此保留了他的一封信。录下以留鸿爪：

古剑兄：

您的来信转到我的单位时，我正去日本访问，最近回来才读到，真是对不起，到现在才复此信。所说新亚洲出版社的稿子，不知是否已耽误了？现将《银杏树》寄上，另附简介。如果赶得上当然最好。

关于台湾出书的事，陈若曦今年七月来大陆时与我见面谈及，我随后即将委托书给她寄去了。她是在编"新地"出版社的书。这样，就只有交她办了。谢谢您的一片热心。

深圳匆匆一见，话都没来不及谈，很遗憾，希望不久再有机会相见。你有什么事要办请来信。信寄南京市湖南路 10 号中国作协江苏分会。谢谢！祝

好！

张弦　87.11.23

因来不及复印了，就从杂志上撕下。

王蒙说张弦的小说的风格是"怨而不怒，哀而不伤，平而不淡，深而不艰，情而不滥，秀而不艳，朴而不陋"。还说这是张弦的节制，也恰恰是张弦的局限性，唯有这局限性才有风格，唯其不断努力突然局限才有新意、有创造。

当年张弦的这些小说感动了很多人。可惜我在香港，到他送我这本书时，才真正读到他的小说。他从爱情切入，反映了那个年代，让我重新感受那个年代的酸楚。

我与张弦只见过两次面，深圳那次也许太匆匆，没留下任何印象。至今只记得第一次见面时，他扶着脑袋说话的样子。

闲话姚克

我们这代人是从戚本禹的《是爱国主义还是卖国主义?》的"檄文"及数十万字的大批判文章知道姚克的。以后我到香港,他已于1968年到美国去了。近年读其学生李浩昌《姚克的檀香书简》和罗孚的《姚克未收到的一封信》,我才对这位鲁迅和斯诺的朋友有所了解。

先说那封未收到的信。《鲁迅全集》新中国成立前出过一套,1958年出过一套,1981年出过一套。1958年"反右"后那套的注释,说姚克"投靠国民党反动派","大陆解放时逃往海外"。1981年全国对过去的不实帽子给予平反,《鲁迅全集》写了新注释,实际上也是一种平反。人民文学出版社写了封信给姚克,承认以前的"内容失实,使先生蒙不白之冤",认定"先生与鲁迅有较深的交往,并在传播鲁迅的作品方面做过相当有益的工作,我国人民是不会忘记的,并且希望看到你的有关这方面的回忆文字。这样的文字国内由我们发表,也可以起到为先生挽回影响、替我们改正错误的作用",云云。

这封信姚克没能见到。因出版社无姚克的地址,寄给做统战工作的罗孚。罗孚也无地址,后来他幽居北京十年,此信就压下。

姚克的感喟

姚克的叹息,都是生活经验的体悟。因而他向他的学生坦露,他说:"我从前轻视学位,唾手可得的博士竟然没去争取,……进中文大学时候,没有博士学位就吃了大亏。这个世界只重虚衔,不重真才实学，所以你们如有得到学位的机会，千万不要放过。饶宗颐在港大沉沦于副讲师的地位有很多年，这就是一个榜样，其实他的学问远在地位比他高的人之上呢！"

因为忙，他甚至对他的学生提出"人生最好是不结婚"。1970年的信，他说："人生最好是不结婚，我这些年来家累太重，影响到创作和做学问，实在很厉害。想当年孑然一身在上海，每个月写个十万八万字简直稀松平常，现在要写这么多字，恐怕一年也交不出卷了！"

他的"不结婚"说，是一个珍视事业、宝惜时间而时间却如逝水的无奈感喟。其实他很看重的一个同学，就终生未结婚，这位同学也拿了博士。

姚克，很多人不知道他是谁了，他比不少常被念起的人，更可叨念。

姚克未竟的心愿

姚克与鲁迅的交往，是他生命历程中浓重的一笔。虽是在鲁迅晚年的短短四年，但他为鲁迅做了不少事，翻译《阿Q正传》《呐喊》等小说，为《活的中国》写序。

1932年1月4日姚克给鲁迅写了第一封信，一年过去了也得不到答复，1933年3月3日再给鲁迅写了信，很快获复了。鲁迅还托姚克帮助困顿的叶紫，姚克真心实意地做了，为叶紫在商行找了份工，叶生病的夫人也得以入院治疗。现在我们见到的鲁迅灵堂那张照片，以及姚克与鲁迅的合照，是姚克带鲁迅去照相馆照的。事情是这样：《活的中国》要印上鲁迅的照片，姚克上鲁迅家，鲁迅取出两三张让姚挑，姚不满意，说表现不出性格，要带鲁迅外出拍。约定某日去，因在饭馆里话很投机，一谈谈到夜色降临，作罢。过了多日，才在一家照相馆照了上述的两张照片。鲁迅很满意。

有年美国黑人诗人休士访沪，闹出傅东华"污辱鲁迅事件"，当时鲁迅没去座谈会，傅东华写了篇短文发表在《文学》上，嘲讽了名流，鲁迅大怒，为文反击。当时鲁迅有被暗杀的危险，不便公开露脸。其实八日前，宋庆龄小范围宴请休士，鲁迅在座，已见过休士了。姚克作为翻译也在座，座谈会那次也是姚克当翻译。

鲁迅逝世，姚克与斯诺联名送去挽联：

译著尚未成书，惊闻陨星，中国何人领呐喊？
先生已经作古，痛忆旧雨，文坛从此感彷徨！

此联感情真挚。姚克在追悼会上任司仪，是十二抬棺人之一。姚克在当时也被认为是鲁迅的亲近朋友。顺便提一下，鲁迅给姚克的信有三十三封。

上述的事，大家都容易找到或查到的，下面这些心事，只留在他给学生的信中，我想未必很多人看到。述其要者于下：

（1）"我现在计划写一篇文章，将国防文学论战的真相，和盘托出，澄清三十多年来御用文人对这事的蒙蔽，而歪曲了鲁迅的耿直和无畏。"

"这篇文章目前除我之外更无第二个人能写。知道事实真相的人如茅盾、黄源和台湾的黎烈文等都因处境微妙，不可能说出当时的真实情形。""等我死后恐怕就永远变成一笔文艺史上的糊涂账了。"

姚克托在日留学的学生代为搜购二三十种当年杂志和书籍，大概不易得。这篇文章最后也未得见露脸，大概是"无米之炊"，心愿未竟。可惜了。

（2）重写中国电影史。"去年我在香港，曾向电影界老朋友多人提议改正大陆出版的《中国电影史》，因为它的内容不但偏差太大，而且失实之处也很多。当时大家都拥戴我主编，将该书各章分别交给各人去修正，谁熟悉哪一时期、哪一公司的事，他就负责改哪一段。""我想增满洲和香港的电影事业。"

姚克去了夏威夷大学教书，没人主持，很希望舒明、古苍梧参与。"预计出来会比大陆的《中国电影史》完备、客观、公正。""因电影界老辈都在六七十以上，死一个就少一位数据的叙述者。这是没法弥补的。"

此书最后也没出来。

（3）李贺歌诗研究：一册是对李贺的生平及其作品的评述，一册是版本的校勘和几种不同性质的索引。"中国的批评家多数只写些笼统的评语，钱锺书的《谈艺录》比较能用西方的批评方法和观点，可是他这本书涉猎太广，个别的批评仍然不够精密，只是博贬而已。"

姚克撰有《李贺锦囊歌诗集》，第一卷二十五万字，未见刊行，良可叹也。

纪念郑子瑜先生

刚闻郑子瑜先生 6 月 30 日于新加坡病逝，录改定的郑子瑜题赠本于此，以纪念这位老乡！

没有郑子瑜先生，大概没有《知堂杂诗抄》这本书。这些诗他收藏了几十年。

80 年代中期吧，郑子瑜来香港中文大学中国文化研究中心任高级研究员，我在于港复刊的《良友》任职。记不清是怎样认识的了，总之是他先找到我，而后到咖啡厅聊天。记得是我先谈到刚读过他在中华书局出的《诗论与诗纪》，而后谈到了周作人。他说，他有一叠周作人写给他的旧体诗……

没等他说下去，我就好奇地问："你和他有通信？"是啊，他说，这些诗就是他抄了寄来的。他原想在新加坡觅出版社为他出版，可是二十多年了，一直没有出版的机会。这次他找我的意思，也是想试探一下《良友》有无这种可能。

我把马国亮顾问介绍给他，算是交代，以后和他好像也没什么交往。

郑子瑜是我福建老乡，漳州人，廿岁去新加坡谋生，凭自己的勤奋和聪慧，成为海外知名的修辞学专家，郭绍虞教授称其为研究修辞学史的第一人。有件事可见他的聪慧。他弱冠时，在报上发表诗作《移寓白沙湾》：

> 向晚渔舟逐水流，
> 前村微雨后村秋。

近来偏喜依山住，

为乞青山伴我愁。

于右任读后，爱不释手，写成条幅，寄给万里外素不相识的郑子瑜，亦可见其对郑子瑜的诗作爱之真切。

他任职中大期间，郑德坤教授在新加坡看到他收藏的珍品宋白瓷四耳瓶，跟他说，中大文物馆就缺这一件，郑子瑜先生第二年就把它赠送给中大文物馆，留下他在中大慷慨施与的印记。

大概是 1987 年吧，他的心愿终于达成，特感欣慰，特意从中大到港岛，送了这本书给我。题"古剑先生惠阅　郑子瑜敬赠"，无署年月。

抱歉的是，我因忙——主要是对旧文学不热衷，根底弱，修养不足，未曾"惠阅"，愧对郑先生的雅意和这本书。

这次找出来，才知道此书得以出版，还有陈子善绍介促成之功，并补了"外编"。能印一万册，在现在大概是无法想象的吧。

此书有"郑子瑜藏稿"六字，标示来源，也是对郑子瑜先生的尊重。

知道他是修辞学专家，常到大陆、日本讲授修辞学的事，是在他出版了厚厚的一册《中国修辞学史稿》之后。此书虽已买，今仍在书架上，却没有像以前读陈望道《修辞学发凡》那样好好地读过，也是惭愧的事。

整理此文，忽闻他于 2008 年 6 月 30 日病逝于新加坡，享年九十二岁。

散文家张秀亚与《良友》

张秀亚是台湾著名散文家、翻译家，作品入选中学与大学教材，有广泛的影响。我有一册台湾1977年初版的《中国当代十大散文家选集》，她排在榜首，初以为是以年齿排列，细翻之下，思果、徐锺佩、琦君都比她年纪大，却排在其后，可见实以成就排名的。

张秀亚早慧，中学时就在《益世报》和《国闻周报》发表诗作，十六岁就出版小说《大龙河畔》。1936年《大公报》文艺副刊主编萧乾将他以新人推出，张秀亚益受关注。大学入辅仁大学，读中文系一年后转入西语系。抗战时入蜀，任《益世报》副刊编辑。胜利还乡任教辅仁大学，1948年渡海迁台，先以诗获"妇联会"新诗首奖，次年出版第一本散文集《三色堇》，获文艺协会首届散文奖章。此后任教静宜英专七载。辅仁大学复校后，在大学部和研究所教授文艺课程十七年。她的散文多撷取身边的事物人情，写得多有情致，独具特色。其文章着意深远，想象力丰富活泼，能捕捉生活中的真趣，从平凡中发掘真善美。曾获台湾首届中山文艺奖，著译五六十种。

我与张秀亚有交接，是因我任职80年代中的《良友》，立意要"出土"两岸渐为人淡忘的老辈作家。地址是向苏雪林先生要来的，于是我写信向她约稿，并约好台湾文友前去访问她。她来信说：

古剑先生：

大札拜悉。甚感您盛意约稿，也深感苏雪林教授的推介，我定会将贵刊所需要的作者照片等寄来，请勿念。只是最近逢光辉的十月，比较忙碌而欣奋也。

不知何时截稿？另外，可否请惠寄一本刊有苏雪林教授和林海音女士介绍文字的贵刊一读，略知照片安排，即从速加洗寄上？

谢谢。祝

好

张秀亚　一九八六年十月廿三日

因天气乍寒还暖，略感不适，大函迟复数日，祈谅。此刻又要外出，草草不恭，改时当从容聆教也。又及

然而久久未见消息。我情急之下，请台湾友人搜集已刊出访问稿，综合成文（这位朋友正好又是搞文学史料的），终于在 1987 年五月号刊发了。后来才从张秀亚给香港儿童文学家何紫的信知悉："因去岁仓促来美，未能将该篇访问记所需照片寄出，等了三周，也未见来访问的那位文友到来，乃匆匆就道。"到了美国她还买到了刊有关于她的《良友》五月号。

何紫因自办了山边出版社，得知我与张秀亚有联系，想出版她的文集，跟我要了地址向她邀约。后来何紫把张秀亚的复信复印件给我。今录其要者如下：

何紫生：

……

关于贵社拟出版我作品的精选集事，多谢盛意。为了不好开版税"百分之五"的先例，不知您可否再加斟酌？因此例一开，我再出版其他的书籍就不好保持数十年来版税百分之十以

及更多的旧章了，实非得已，当蒙见谅。能否再加考虑，以减少作者的困难？成或不成均请惠告。谢谢！

至于稿件，我回到台北家中，将旧作汇齐，会尽速挑选自己喜欢的作品寄上。记得您上次函中说过字数以五万字为宜，所以不会耽搁太久，封面及印刷，贵社一定会使之精美之极。

《良友》画刊执行编辑古剑先生原是你的好友，请见到时代我谢谢他。五月号该刊，我已在此（L. A.）买到一本，印得极美，编得极好，详细披阅，原来就是我学生时代读的《良友》画刊的赓续。我因去岁仓促来美，未能将该篇访问记所需照片寄出，等了三周，也未见来访问的那位文友到来，乃匆匆就道。每一思及，辄为之耿耿。今见到这篇写得精简而美好的访问记，及我的一些照片，深佩古编辑及访问者的搜集、编写之才能。有张照片，连我自己也没有，可见他/她们为了这篇访问稿费了多少时间精神，千祈代我谢谢。

……

张秀亚　一九八七年六月八日

读此信两个月后，才收到她从美返台时寄来的信：

古剑先生：

承惠寄五月号贵刊二册，已拜收，编得优美，印刷精致，甚以为谢。

贵刊在我读中学时，即我时常购读之精美纯正画刊，今有幸得蒙以巨大篇幅印出小照于其中，曷胜欣幸。叙及我写作历程之文字，亦复简洁优美，对先生等编、写、策划之大才，尤深钦佩。

自美回国数周，琐事猬集，匆匆致谢并祝福。

　　　张秀亚拜上　一九八七年八月十四日

　　张秀亚教授离世匆匆十一年矣，《良友》画报也消失于香港。今漫记旧事，或可为文坛留一痕爪耳。

　　　　　　　　2012 年 12 月 13 日于无墨斋

第二辑

作家书简

苏雪林书信十一则

(1)

古剑先生：（颜淑婉的访问记另寄）（另照片四帧夹在刊物里）

奉来示并施蛰存先生《善秉仁提要》复印，甚为感谢。

先生是否即是写《千古伤心文化人》的古剑铮？他有个女儿古威威是个最年轻的女作家，现在台湾求学，颇有名。

我与施蛰存阔别三四十年，以为他已不在人世，在我撰写的《三十年代的作家》里曾有专章介绍他，不过那是一篇旧稿，在大陆曾发表过，施先生当看见。在该书第五编"文评及文派"又曾提到他与鲁迅交恶，为了"庄子与文选"问题（施劝青年读此二书），鲁迅率领党徒，把他当作狐狸而大肆围剿，这就是那位绍兴师爷所最得意的"猎狐式的包围"，施先生被剿得狼狈不堪，《现代》那个大型杂志好像从此停办，而施先生也不知到何处去了。现在始知他仍然在，但患了肠癌，肠癌是可以医治的，割除患部，另造大便排泄口即可，虽增加麻烦，而性命则可保存。

我感其盛意，现作一短简给他，未知先生能代寄去否？若对施先生及先生有碍，则不必寄。

《良友》画报乃老牌画报，于今复刊，先生当总编辑一定更会办得有声有色。你想在介绍老作家的专栏介绍我，我实在不配，不过既荷盛意也不便推托。此间有一青年女作家写过一篇访问记，倒也写得详细，尤其那个著作年表，更详。一时找不到别人撰写，就把此篇寄上。请先生节略而为短文，署名仍为该人之名，先生以为

如何？画报以图片为主，文则为副，现奉上图片若干，要说各时期便难，我虽有许多零碎照片，都记不得时日了。专此敬复，顺颂

春厘百福

苏雪林拜上

一九八五．二．四

（2）

古剑先生台览：

敬启者，四月底奉贵刊来函说，我那幅画及暴雨诗均在贵刊刊出，稿费港元三百，问我香港有否人代领或需汇来台湾？舍妹苏燕生住九龙，我正想托她买点香港的东西，便把贵社那封信寄给她，叫她与贵社通个电话，她到香港领或由贵刊送九龙，由她决定。舍妹有信来并未提起此事，我给她信系五月廿四，距今廿多天了，甚感诧异。我致香港、美国信常有被扣之事，莫非被拆信者将款冒领去了？三百港元也不是一笔小数目，若被人冒领实为可惜，故望先生一查，复函告以究竟，是为至感。我知先生仅管编辑事，这类银钱出人事是不过问的，但我于《良友》仅知先生，只有冒昧托您了。专此敬颂

勋祺

苏雪林拜上

一九八六．六．一四

舍妹通信址是九龙嘉道理道嘉陵大厦×××号×楼袁仰安转

（3）

古剑先生：

九月廿四日手示拜悉。承贵社按期赠阅《良友》，内容丰富美

不胜收，为精神上一大享受，谢谢。

先生想为某文学杂志写篇关于我的访问记，叫我把一些此间发表过的文字影印寄去，不巧的是数月前高雄师范学院教授史墨卿（原成大中文系第一届毕业，曾为我的学生）要在他负责编纂的《中国国学》里附"苏雪林写作七十年"纪念，把我近年所有的访问记都要去了，所以现在我手边一篇也没有。那《中国国学》本月里可以出版，等出版后，我奉上一本，其中资料甚多，想先生要撰之文并无时间性，等待些时没有关系吧。

你说我对神话有特别研究，那是传言之讹，其实我对此学仅知皮毛。民国卅二三年间我为研究屈原作品，发现其中蕴藏许多域外神话分子，知屈赋非故纸堆所能解决，遂从武大图书馆借些了巴比伦、亚述及西亚一些国家埃及、印度、希腊神话阅读。果然寻到许多可供参考的材料，因而解决了好多问题。略举其荦荦大端者如下：

（一）由域外神话即西亚创世史诗知道中国夏代历史都是神廷故事，夏禹果非人而为神。顾颉刚《古史辨》所疑不错。禹乃西亚木星之神马杜克，他乃神廷领袖。他诞生于为其父所戮，巨怪遗尸之腹，这就是屈原天问"伯禹腹鲧，夫何以变化"及古野史"鲧殛死三年，其尸不腐，剖以吴刀，且用出禹"的由来。马杜克神通广大，造大地、分四时种种措施，即大禹奠山导水，布土定州……之事。不过，夏代史迹，今日虽尚无如殷商甲骨文者出现，而说夏王朝并不存在，我亦未敢以为然。要知古代历史每与神话混合，中外皆然。又古代帝皇每喜以大神之名合于己名，则夏禹当有其人，因与神话混合，又其名或冠以马杜克，后人遂致误会。尧之事全出印度，此节论之特详。

（二）天问神话：三个大神话（1）为旧约创世纪，亚当夏娃、魔蛇、生命树无所不有；（2）后羿射日或颛顼共工之战，来自西亚；（3）诸天搜海求不死药，出自印度，其源当亦西亚。

《天问》里天文、地理及神话，固多来自域外，即夏商周三代，真历史也夹杂若干域外故事。其乱辞万句为七言，有好几条为美丽之希腊神话。

（三）屈原九歌乃祭九重天主神之歌。其中女祭司对神有许多缠绵宛转恋爱之词，以前无人能解。王逸以为是屈原对楚怀王的象征话，即托夫妇以言君王。游国恩以为一半是恋歌一半是祭神词，不知何以混而为一。陆侃如援六朝神话曲，以为民间祭神照例要夹杂几句恋爱语，但他知其然而不知其所以然。我于民国十七年在《现代评论》上发表一文，即指为此乃人神恋爱，而人神恋爱又由人祭而来，即上古每杀人祭神又嫌其太残忍。祭司乃鼓励信徒自愿献身，谓为神牺牲者死后即可长待神而享永福。我写此文时并无意于屈赋研究，不过由游、陆之说刺激之反应。正式着手研究则始于民国三十二年。

（四）《九歌》中的"国殇"，旧以为祭为国牺牲之战士，乃人鬼非神。我则指为火星之神（荧惑），乃战神。此神无头，故《九歌》辞有"头虽移兮心不惩"一语。商代一帝王死必杀卫士数百殉葬，尸体与头别埋，即此制。齐地八神蚩尤，乃口帝即火星，也无头。这件事我在西亚所遗石刻中见有帝王率军攻敌垒，每有无头神飘浮空中，凯旋国门时亦有无头神几个出现。印度迦尼萨亦无头战神。我此说为西洋神话学家所不知。他们以优越感作祟故，亦必嗤之以鼻。

（五）颛顼与伏羲即为洪水后人类始祖。为人祖者照例人首蛇身，羲与其妻女娲人首蛇身之像，先生必已数见。河南陈县之人民以伏羲为人祖，每年春三月某日起为期一个月，远在邻省之人民亦来敬香。希腊神话亦言第一人类即人祖为蛇身，且必为人帝，为始创文化之人。尤著者为始造文字。伏羲画八卦为首创之文字，域外人祖亦首创文字。

我用神话解决屈赋及中国历史、地理、文化史、宗教史之大小问题数百，外国学人抱其优越感当然不加理会，中国人素不知神话为何物，又死抱着秦以前我国与域外无交通观念，亦置之不理。我只有待知者于百年以后。因蒙垂询，拉杂以陈，尚望勿哂其狂妄为幸。敬颂

撰祺

苏雪林谨上
八六．十．一

又如：湘君乃男神，非妃娥皇。云中君乃月神，非云神等等，已被海外楚辞学家剽窃去矣。

（4）

古剑先生台鉴：

敬启者，来示敬悉。知《中国国学》十四期已收到，甚慰。

所谈国人对拙著屈原研究极为漠视之三个缘故非常有理，但我学问浅薄，证据简单，并非学术文之正统，故被视为野狐禅而不屑涉目，不能全怪人也。

台湾现在研究屈赋之专家颇多，有缪天华（国立师院教授）、张寿平（此人似已赴港）、王宗乐、傅锡壬、史墨卿及已故之何锜章，其他未出书者各大专学院均有。盖大专学院必开楚辞课，教授者且学且教，自成专家。先生所说杨胤宗著有《屈赋新笺》九章篇，我愧未知。因我自1980年将所著有关屈赋最后一册出版后，即与屈赋告别，他人著作不再购读，且以先生问杨君在台抑或在美，无法作答。

拙著《屈赋新探》四册，第一册《屈原与九歌》，以出版之书店关闭未卖完之数百册均付东流，第二册《天问正简》亦托此书店

发行，距离书店关闭不久，即由纯文学社悉数购而去，今在该社成为冷货，但书尚存。第三册《楚辞新诂》，第四册《屈赋论丛》将版权卖给台北国立编译馆，今亦成为该馆之冷货，书亦尚在。先生言有友将于二月间自台赴港想托他买。何必买，我愿赠送。

　　贵友若居南部可请他来敝寓取书，若在北部则请开其通信址，我当邮寄。第一册《屈原与九歌》我百计搜罗仅得数册，愿赠其一于先生。世间最难得者为知音，遭遇知音，任何珍物皆可割爱，何在区区一书？另函请代邮，谢谢。

　　敬颂

新春百吉

　　　　　　　　　　　　　　　　　　　　　　苏雪林

　　　　　　　　　　　　　　　　　　　　八七．元月十二日

　　再者，先生建议拙著交北京友谊出版社出版，这是不可能之事。况我在台都已印行，除托朋友销售，友以情面难却肯买一本，市上则无人解囊，故书成虽久，无一出版社肯印。第一本系王云五先生在世时言于孙科主办之中山文化委员会出资新台币四万元印出者，第二册天问则自费共去七万元，则我自费。第三册第四册强卖版权于国立编译馆，他们出印费几何，不知，但书成冷货必大赔累。北京友谊出版社岂肯做这种赔本生意。

　　海那边现在大写台湾作家，亦有关于我的文字，全不提我过去反鲁，仅一味推崇，我岂肯入其圈套？

　　我已忘本港的邮资几何了，不够请代补，谢谢。

（5）

古剑先生惠鉴：

　　敬启者，来示敬悉。先生离开《良友》，别图发展，未知获得适当位置否？甚念。

　　承示施蛰存先生消息，甚感。渠患癌症不知属何种类，此症并非绝症，初起尚可治疗，如林所见曾宝荪女士患乳癌，初不自知及病已深乃就医疗。医为切除患部，所有业已蔓延之淋巴腺皆切去，再用钴六十灸治，竟愈。后乃以他症死。又有数位熟人或乳癌或鼻癌治愈后，至今无恙。又赵丽莲老师患血癌，专以精神抗拒，至今健在。唯此乃特例，非可为法。望先生转告施先生速行就医为上。国内医术不高明，宜申请来港，谅中共未必不准也。

　　此间传言谢冰心瘫痪在床，不能行动，又传其死了，又有传其仍在，且为教师争利权，未知究竟如何？先生在港，消息比我灵通，尚望见告，林对冰心甚为怀念也。专此敬颂

撰祺

苏雪林拜启

八八年三月十九日

此函系请九龙舍妹苏燕生转。又及。

（6）

古剑先生：

　　前信收到，因疏懒未复，乞谅。书三本收到，（一）施蛰存先生选集，（二）棘心，（三）水浒画集，多谢多谢。上海北新书局仍然存在，想不到。老板李小峰尚在世否？若在，年亦九十余了。大陆沦陷前，天主教雷震远神父用了一大笔钱向北新购回此书版权，让我增修在台出版，不意北新仍在发售，商人无信用，无道德，可叹。

　　先生第二信也收到，中附韩菁清与谢冰心合照，甚嘉。此间有人主张邀大陆名文人来访问，冰心、沈从文、曹禺、巴金都有名，

施蛰存先生恐怕也要被邀。先生说将以施所著《唐诗百话》送我，香港若有售，我可请舍妹买。

近来台湾被民进党闹得一团糟，政府因已行宪无人取缔，而且各界各阶层都潜伏有他们的人，动辄鼓动罢工，鸡农、果农、菜农等都游行请愿过，铁路大罢工，几陷全台于瘫痪。学潮也将不断发生。他们所办报刊公然攻击"国府"，比大陆未沦陷前中共所为更猖獗。中共闹了好几年才把国府闹垮，他们用不到一年便可以。时代进步，胡闹也进步了。我日夕忧烦，健康大受影响。想不久要向阎王老子报到矣。余不一一。敬颂

文祺

苏雪林拜启

八八年　五.十

（7）

古剑先生：

奉来示及王坟（？）文，知朱雯尚在，且尚在文坛活动。他居然忆念一甲子前的故人，真正难得。施蛰存先生前些时有信来，他办了个刊物，要我替他写篇小文。台湾与大陆现在已解冻，不过台人投稿大陆尚有不便，所以我未答应，只告诉《联合报》辑、编人，等到更进一步的开放再谈吧。先生若有便和施君通信，希望告以我不得已的苦衷。

冰心要来台访问，此间私人财团，愿出她及两子女来去飞机票及在台半月食宿及各种费用，报上也屡见她的照片，虽年老而精神甚好，是个老健人的状貌，想她也会活到九十多或百岁以上呢。我一向敬重冰心，我所写的《中国二三十年代作家》，冰心竟占了三章——"诗歌""散文""小说"。在我此书中，只有鲁迅散文小说共占二章，其他则一章半章，甚至一章几分之几。不过，不知冰心

脑中尚有我的影像么？她五四时代便出了大名，我民国十七八年才在文坛稍露头角，相差十余年之久，她记不起我也难怪。我只想她此次来台便投奔自由，不再回共区，此间文坛对她一定十分欢迎，而在共党则为一大失败。先生，你看冰心肯这样做么？

我过了旧历年便算93岁了，前年跌断脚骨，扶着四脚架才能勉走几步。据冰心自述，她虽只89岁，也曾跌跤行动不便，但必不如我之甚。冰心这次来台，我虽残废，倒想北上看看她。那要搭人便车才行，我是不能独自上下火、汽车的。我虽老得不像样，头脑尚未甚坏，仍可写点文章骗稿费，协助日常用度，因我虽教大专近五十年，因大陆、台湾两处未满二十年，六二年退休，退休费照起码阶级计算，仅廿万元，每月利三千零七十元。幸（去年开始）成大中文系聘我做名誉顾问，每月送我五千元，合计每月收入八千元，本来生活费也够了，但被一个打零女工敲去四千元，余下四千元怎样能度日呢？只好老着脸皮，写些狗屁文章到处骗一点稿费帮助。近日小病一场，头脑忽变真空，我怕以后狗屁文章也写不出，那真没办法了。你离开《良友》后，想必仍从事事业，写些什么文章？民进奸党捣乱一年多，恨得我牙痒痒。我健康之退化也由一年来忧愤有关。敬颂

文祺

苏雪林拜上

八九. 三. 二

（8）

古剑先生：

来示收到，因贱躯欠佳，今日始复，歉甚。那被尊夫人失去之拙函，当是一贺卡，不关重要。惟曾附一信，请求先生为我撰一小文。盖今年4月2日为我95岁生日，成功大学欲为举行庆祝，邀

请侨寓海外学者数人来台作学术讲演，并邀男女作家各撰一文，记述我之文学学术行谊及其他一切，印行为纪念。文不必长，数百字至二千字为止，稿酬从丰。先生知我最不喜欢宣扬，成大亦知之，故秘密进行，甚后始为我知，欲阻止已不及，唯有听之矣。现任教岭南学院之梁锡华教授，已有一篇寄来，在台文友亦有数篇寄到，余亦在秉笔中。大陆竟有数人思来台参加，但不知能否入境耳。

波湾风云日益紧急，盟军以美为首，飞机轰炸已数千架次，伊拉（克）底重要武器皆深藏地下，且伪装巧妙，盟军徒耗如许弹药，未能损伤伊国实力之十一，将来地面大决战，胜负谁属，尚在不可知之数。故林每日阅报辄忧心忡忡，不能自已。

台湾自蒋经国"总统"逝世，除戒严令，开放言论，台独及与之沆瀣一气之民进党即大肆活动，率众游行，焚烧"国旗"之暴行层见叠出，国几不国，郝揆上台，此风稍弭。未知香港情形如何？

有信二封，烦为加封一转。其一能仁书院中国文学研究所白冠云；其一岭南书院梁锡华。林皆不知两书院坐落地址，谢谢。敬颂羊年大吉

苏雪林拜启
一九九一．二．八

（9）

古剑先生：

您好。赐卡及惠书久已拜收，所以稽复者，以我半年来大病，各方贺年卡及函件皆不能奉答，于先生尊函亦然，幸原宥。

先生自离《良友》，云将另觅他事，未知如愿否？读来信似尚未得意，但香江居大不易，想已获得相当之职位矣。

承赠大陆胡绍轩关于本人之评骘，谢谢。胡君似系一熟人，原为国民党文化斗士，大陆沦陷时，渠适因公至滇，遂遁入苗瑶之

区，幸保性命。林屡探其消息，或云已死，或云尚存，竟未知其如何？今读先生所寄文，"胡绍轩"三字姓名全同，所书亦为武汉旧事，殆即我之熟人耶？惟渠乃强烈反共之人，今其文訾我反共之不当，则又不类，此则未敢决定，今日之胡绍轩即当日之胡绍轩也。若能设法与通函，言我之反鲁开始于致蔡子民书，发表于渠与魏绍征等共办之《奔涛》。渠若承认，则窜迹蛮荒四十余年之胡绍轩，果尚在人间也。其政治意见并非改变，处此环境不得不然耳。

阅报，魏绍征先生近日已病逝。

犬马齿过癸酉年已 97 岁，患骨节疏松症，虽扶助行器以行，数日内重摔三次。入医院照 X 光，尾闾骨碎裂，两髋之骨亦有损伤，回家休养已两月又半，毫无进步，想大限近矣。

专此敬颂

文祺

苏雪林拜启

一九九三. 二. 九

(10)

古剑先生：你好。

奉惠函，你办一文艺刊物，有名人遗札一款，以为我认人多，想我供给一篇。不知我是个非常内向的人，从不到社会上活动，认识的人寥寥可数，他们也不给我写信。即有一二封早已遗失，实难承命，奈何？不过我可以找找看，也许能发现一点数据。

我来台湾四十年，因跌伤腿骨，入医院三次，前二次出院后写作如常，这一次（第三次）不同了，去年起自觉健康退化，虽扶架而行，两脚无力，数日内跌三次，自觉并不严重，友劝入医院照 X 光，始知尾闾骨末梢裂开一公分许。住院十日回家休养，至今已五个多月，一点进步没有，扶架行走，身重千钧，而且日趋劣势，几有寸（步）难行之势（文字则五个月将半写不出来，好像脑子也坏了）。医云，此乃骨质疏松症，老年人必患，无药可医。其意待死而已。我也自知大限将届，必挨不过今年，也许挨不过今年夏秋两季。我已 97 岁，也活得够长了。死是人生必走之路，活得这样窝囊，早日解脱，反为幸运！

寄胡绍轩信，烦转。谢谢。敬颂

文祺

苏雪林拜上

一九九三．六．二

(11)

古剑先生：你好。

胡绍轩先生自云南来的几封信，我都收到，也复了信。他的复印信，先生不必寄了。胡先生最后的信系向我讨鲁迅评论集及两年前台独猖獗，我看不过，做了几首旧体诗，他也想我抄给他，好在大陆报刊上发表。我想鲁迅偶像虽没有从前那样光辉，究竟还在矗立着，寄去必遭邮局检查扣压，况且我现在自己保存只有一本《我论鲁迅》，送了他，自己便没有了。将（来）人家想印我的全集，这本书也就不在其内了。……

我所以未复胡绍轩信，是因我自去岁末患病入医院，住院十天回家休养，迄已有九个多月，一点起色没有。我所患乃骨质疏松及皮肤病，每日喝牛奶及（服）钙片，毫无裨益。对皮肤症也是内服止痒药粉、外搽止痒药膏，从未有一天间断。时序入秋，身痒已不甚剧烈，头皮之痒则昼夜不断（以前仅夜间发作，搔爬即止，现白昼亦痒），猛搔无数次，实为不便。而且以前两次进医院，回家即写作如常，今则九个月中未写只字，好像脑子也坏了。

我今年已年 97 岁，也活得够长了，自知回老家的时候到了。

能挨过今冬，明年必不免。实在无力寄书抄诗给人，请告胡君原谅。

那华侨记者访问团名誉奖，我也得过，是台币五万了。台湾目前生活高过美国，此款仅供两个多月之需。一个做零女佣，每天仅做一个多钟头，工资便是一万五千元，全工则三万，尚须供吃住。

饶宗颐今午选为中研院院士，我欲函贺，望以其香港通信址相示。敬祝

文祺

苏雪林拜上
一九九三．九．一四

林海音书信十七则

(1)

古剑先生：

你第一次写的信，终于本月二十日收到。我研究一下，一定是您邮票贴不足（贴了 H.K. 八角），而且未写"航空信"，一定是以海运寄来的。因为你信中有苏雪林先生的抄稿很厚。

前信拜托将五十年前外子溜冰照翻制底片，不知可行否？

您要的苏雪林先生书另邮寄奉。

近日 1984 要结束，忙得我像钟摆一样不停。匆祝

新年快乐

林海音

一九八四. 十二. 廿六

(2)

古剑：

我自香港返台后，忙碌极了，直等到女儿们返美，我这才稍好些。你来信所要我的资料等，我于日前先海运给你寄了一盒书（又一本剪影话文坛是另装封套寄的）。我寄的书有一本《风檐展书读》请转给金东方①女士，另两本马瑞雪②的《送给故乡的歌》及《三

---

① 金东方，画家、作家，林海音为其出版了《香港金瓶梅》。——古按
② 马瑞雪，作曲家马思聪的女儿。——古按

度空间》请转给马国亮先生，谢谢。其余就都是送给你的了。这些书中你可以看见我的作品（非全部）一般及里面有照片的，可供你写稿采用作插图。另寄四张从照片本上摘下来的，也可代表我某时期的照片，可采用。如七八岁那张，即是代表我在《城南旧事》中的时代，这张照片我极喜爱，电影中那角色（沈洁），毕竟跟我还是不太像吧！另做女记者的时代，1965访美赛珍珠时代。其余你可在各书中摘取，如《两代情》中我婚后，以及我现在儿孙满堂的照片，都是可选用的。你就书上翻用，如书因此拆散不完整了，再写信告诉我，我再补送给你。

我有不少篇作品都是写中国时代女子的婚姻生活故事，我对我的上一代旧女性，同情、敬重特深，曾有过要写"旧时十女子"的短篇小说，但写了《金鲤鱼的百裥裙》《殉》《烛》等数篇就没再继续。

我们这里人都忙得不得了，我不易找到写我的人，我看还是就由你执笔写，反正你也要写印象记嘛！我给你寄的各书中，不但采取照片，还可翻阅别人写我以及我自己的作品，写作的心态可参阅祖丽①替妈妈写的序《重读母亲的小说》，根据这些数据，绝对可以写出一篇完整的印象记了！

函中附寄的照片，请用毕赐退，尤其是小女记者那张，是海内孤本哪！

就此停笔再谈。祝　编安

又，如刊在港的照片，请勿选有应小姐的，因她是在国家银行工作，不便在海外"曝光"。

海音

1985.9.13

---

① 夏祖丽，作家、编辑，著有《从城南走出来——林海音传》。——古按

(3)

国亮先生：

古剑：

你们二位的催稿信，都先后收到了，我忙忙乱乱的，心里老惦记着，却写不出来，好不容易今天完成了，写得真没味儿，将就着用吧。倒也希望用时能将外子哥儿俩的滑冰照用上，如果只能一张，则用那张"个人舞蹈姿势之表演，凌空飞舞……"是外子夏承楹。弟弟是夏承楣（现在北京，最上面两张都是承楣，有一张写成承楹了）。

白英奇之事，至今无消息，差劲！倒是找回美国运通银行支票600元而已。现金US＄三千多及另支票700没办法了。财去人安，只能这样阿Q式的安慰自己吧！谢谢你的关心。

又古剑上次问我有收到九月（？）《良友》否，后来收到了，忘记告诉你。

匆匆停笔。祝

健康快乐

林海音

一九八五年十月廿二日

(4)

古剑：

这么快就收到赐寄菲佣照片三张，写稿时会选用二张。谢谢谢谢。

我是个长年忙碌的人，每次写信都要向人道歉，这次你来也是匆匆见两次面，因为我正值由美来一友住我家，顾不过来了，前日我儿子一家四口也由美返台度假，要过完年走，近日我家充满人

口。从现在到农历年，海外有儿女的返台甚多，家家忙乱，希望你下次来我能更多有时间。几时来呢？祝顺利

海音
1985.12.21

（5）

古剑：

收到寄赠的两本大著，谢谢。近日太忙（农历年前故），所以尚未及细读，先奉告一下，我收到了。

不知黄维樑①先生处的我的照相簿有无要来交何恭上先生？再谈。祝

编安

海音
一九八六．一．廿九

（6）

古剑：

月前我外甥女张霄梅来台，带来了四月《良友》及给凤凰的《明报月刊》（已转交），谢谢。当时正值编排这次出版的四本书，忙碌已极，顾不得写信向你道谢。想你为60周年特刊也够忙的了。我很想多要几本书给在美的子女及在大陆的小叔子（即滑冰的兄弟），不知可否，我先把地址列下，就请斟酌情形寄吧！（能寄大陆吗？或者不用你们信封。如不行，就请将那两页撕下寄去亦可，试试看吧！）

（下地址从略）

---

① 黄维樑，香港中文大学中文系教授。——古按

如果可以的话，再寄一本给我，我这儿还有一个女儿哪！

又你来函所说，你为了写我，煞费苦心，真不好意思，又叫明显受罪，其实写不写都没关系嘛！只好等着拜读了。又你谈到要选散文出版事，我不知该怎么答复你才好。海外翻印我的书（还有什么友谊公司?）我也顾不了那么多，大陆上几十万本的在翻印，如果我的同胞喜欢我的小说、散文，我也很高兴，管不了什么版权、版税、契约什么的了。——怎么管呢？至于香港的出版社，我也从不打交道，因为香港一般印的书，一来不够精致，二来册数不多（我不是畅销作家），版税、稿费又少，我也懒得去定约。还有出版者的立场我又不清楚，香港的政治环境那么复杂，所以我只能这么答复你，目前我是对海外出版从不正式订约的，也只当不知。你好不好暂时也不必编这套台湾散文呢？子敏①在海外更人皆不知。你如给他们编的话，不必声明得我同意，或向我定约及付款，我就是只当不知了。也请你原谅我个人的心态。

你说那本《城南旧事》，我早就有了，大概是明显②寄给我的。大陆上的，《城》书的连环漫画，人民文学一次刊完之书，我都有。

要吃午饭了，再谈！祝编安。见着马先生夫妇替我致意。

海音

一九八六．四．二十

(7)

古剑：

收到贵公司寄下稿费通知书，这笔稿酬麻烦你代领留港，我今

---

① 子敏，台湾十散文家之一。——古按
② 即杨明显，小说家，林海音为她出版了《姚大妈》。——古按

年十一月左右可能开中文报协到港，届时再给我好了。太忙了，不多写。祝

编安

林海音

一九八六．五．廿八

委托书寄奉

又，明显写我的《良友》尚未收到。

(8)

古剑：

谢谢，本期《良友》收到了，我的照片用得那么多！明显写得很好，很活泼。

我仍是要拜托给我买几本送给亲友。地址如下（略）。

为了省事，此信请明显转给你，麻烦你啦！请在我存你那儿的稿费扣除用费。（书也要买不要送，太多了！）祝

编安

林海音

一九八六．六．十八

(9)

古剑：

香港回来已一周多了，忙碌不堪，今天才你要的"子敏"（林良）的书（其中有一本是他送我夫妇，转送给你，因为找不到多的，又来不及向他要）。还有一本你要的《窗》，一并海邮寄奉。

在港聚晤多次，并请你代我买书，我省了许多事。三联之书已请人带回台湾，香港的书，我请杨明显陆续给我一本本寄，希望每

本都能收到。三联之书你垫了几十元，在港忙乱忘记算给你。现我函外甥女张霄梅给你送上港币五百元，买书及垫款用，以后《读者良友》，盼每期寄我，就时时要麻烦你啦！

又祖丽在澳洲看不见中国字，请代订一份《良友》给她。她的地址是（略）。

国亮先生伉俪请你替我及承楹致意，欢迎他们来台湾玩（加入团体旅游应当没问题）。

下次再谈，一切谢谢。祝

编安

林海音

一九八六年十一月廿四日

（10）

古剑：

连续收到《良友》和《读者良友》，谢谢。但是《读者良友》寄来的是第 30 期（1986 年 12 月号），这本 12 月号已有，重复了。能否再寄我 1987 年 1 月号（第 31 期）的呢？在 12 期上，我想请代我买《中国谚语选》（广西出版），买来不便寄，就放在你那儿好了。我和女儿们可能 4 月下旬去港，因为她们 4 月会从各地回来探望父母公婆，我们就顺便到港一游。

给你写完信后还要给金东方写，并寄我抱着她送我观音石刻像的照片，过两天你便中问她收到否。今天大忙，就此停笔，下次再谈。

祝编安

林海音

一九八七．二．十九

（11）

古剑：

终于带着病回到家了，我真是不行了，受了风寒就在港连泻三天。星期六晚好了，喉咙忽然痒咳起来，就这样，次日带病回台，又吃药，歇了两天才好利落（仍有些咳）。

这次在港蒙你代安排看电影又吃潮州饭，我在三联匆匆买了几本书，实在还不够，你能否再代购下列之书，分别寄我：

（1）《香港，香港》（柳苏著），HK＄25.00，三联。

（2）《知堂杂诗抄》（周作人），湖南岳麓书社。（第五月号读者良友 P.39 刊，没有价钱，三联可能有售）

（3）《京华感旧录》（周简段），共分五辑，到底出了几辑？

前二者想必是简体字，先寄（3）《京华感旧录》好吗？我前存500元恐怕早用完？你先代垫，下次还你。

本期《良友》已收到，见到写张秀亚的①，她现正在美国，大概不久返台。又，在《读者良友》写《京华感旧录》的张乐珠是什么人？她写的关于北平的一切，和我相似——也在平住了三十年，所见北平三十年代一切正与我同时，所以见她写的倍感亲切。

匆匆就此停笔，谢谢你。也请替我谢谢香江林先生，来不及写信给他了。

祝顺利

林海音

一九八七．五．三十

---

① 张秀亚，台湾十大散文家，《良友》介绍了她。——古按

（12）

古剑：

何怀硕先生①明天赴港，正好带这封信给你。带上 70 美金给你留用，给我买书邮寄什么的。另我托杨明显买衣服，也带 500 港币给她，你便中跟她通电话告诉她来取好了。

你上次函中介绍我买《北京城墙（？）……》一书，我当时也看了三联目录，以为是英文原著，就没打算买，见你来信，那么此书是否翻译的？有无图片？如是翻译就买。还有杨绛的新书（忘记名字）也可以买。我这次到港，因泻肚三天，就缩减了一些该去的地方，实在"不幸"！

又你给钟小姐②找孔先生③祀官照片④，她对我讲，我正好次日跟孔先生吃饭，便问他有无，他自己一张也没有，已告诉钟小姐请她向报馆数据室去问，恐怕不易借出就是了。

又佳宁娜潮州菜馆的"榄菜"，如果你们正好跟怀硕去吃饭，就请替我买四罐（如果怀硕肯带回来的话，如不肯，就不必买。）

匆匆，祝编安！

海音

一九八七．六．十五

（13）

古剑：

接来信，趁空答复你：

---

① 何怀硕，著名画家、艺评家。——古按

② 钟小姐，即钟丽慧，作家编辑。——古按

③ 孔先生，孔子后裔，曾任台湾"考试院"院长。——古按

④ 《良友》要刊出祭孔仪式照片。请作家、某报编辑钟小姐帮忙。——古按

1. 民国 XX 年请改纪元无妨。

2.《念远方的沉樱》，后面王开平文请取掉，只要文顺即可。

3.《在胡同里长大》及《北平市井风貌》都在《喜乐画北平》中，是我给他写的小序。我很怕跟你所选的《苦念北平》《秋风的气味》有无重复处，你看看吧！看了你就斟酌好了。

4. 第二辑"访美"，我删了三段，因为你说太多了嘛！

大致这样，可以了吗？

此书是我没有做到编选之责，所以香江请林先生将编辑费给你，其他如有稿费、版税我也不要，希望他能销得好就好了。（他的香江出版销大陆否？如销大陆岂不要简笔字吗？）

再说说其他事儿，我夫妇约于 11 月中旬赴港，因要和小叔子会亲，但不知他能到港否？

日前《中国时报》副刊主编陈怡真女士托我，她约以 10 月底或 11 月到港，也想看大陆电影，我给了她你和林振名先生的电话，烦代安排到南方选看数部。我 11 月去时也要看，倒希望能跟她碰上。

照片你随便选，为了时日拉长，我会给你另外你没看过的我做女记者时之照，及儿孩满堂照好吗？

再谈，祝编安

林海音

一九八七．十．五

又，我《烟壶》已有两本，但并无罗先生给我的。《京华感旧录》写得不确，一知半解，抄的多，不要给我买了。又及

（14）

古剑：

收到你的信了，我在港也知道你在《东方日报》很忙，我们夫

妇也是匆匆数日，忙着到澳门——没去过，又去办回港证，结果那天大风雨，只是到澳门"到此一游"就是了。倒是那但葡京酒店很气派，几楼廊的大陈设很够分量。照了几张相，买了一个玉镯，回港又跟霄梅见面，看了四场电影。陈怡真看电影也是我安排约会的，她有时报驻港江素惠①招呼，施②只是请吃饭而已。

你应当质问 X，不管他道歉否，让他知道不可胡说，又问我要出单行本（什么机构忘了），我完全拒绝。我不是随便出书的人，也不随便给人出书。

在港林振名说照片少，我昨天又寄了两张美国的给他。我返台后实在太忙了，因下月也要出四本书。

我要的书，希望自己购存，杂志也是，所以当初请你代订几份（有给大陆的），但是你为替我省钱，未订，反而使人接不上，所以以后我说要订要买的，还是订和买，痛快些。那时怕存你钱买光了，所以才陆续叫霄梅送给你。《读者良友》及《读书人》还是替我订，免得你每期惦记。《读者良友》我还是缺第七卷第三期（总号 39，九月号）。

海音

一九八八元旦③

（15）

古剑：

收到赠书好高兴，赶快翻开 260 页拜读你写的《杂写林海音》，真是的，当初怎么不收入《良友》呢，写得很好哪！

———————————

① 　江素惠，名记者。——古按
② 　指施叔青，小说家。——古按
③ 　此信写于贺年卡上。——古按

刚收到就先写一封信道谢，其他书内各文，待我慢慢细读。

专此，祝

笔健

林海音

一九九一. 三. 廿七

（16）

古剑：

接到你的信和秦新民先生的刊稿及函。我交给何凡，他实在老了，怎么也想不起这位四五十年投稿人来了，可能是因为没见过面的关系。（但这可不能跟本人或转信人讲，人家要失望死了！）

又你提到《台港文学选刊》要出专辑的事，这本杂志营销十万份吗？能不能寄一本欣赏欣赏。我们不拟写同意书，他们刊出什么就刊吧，但是专辑要选多少篇文章呢？总不能选很多吧！无非一两篇，稿酬也算了。我每月接到大陆的信，要这数据那数据，要这刊那刊的，我们实在没时间"伺候"。（每月接到数十封大陆亲友，识与不识，我们二老真是老了，大都不理，何凡82岁了，我也74，子女又不在面前，亏我身体好，还盯得住，但是不让自己太忙。）

你要写我的下篇，盼早日拜读。你工作忙吗？

匆祝笔健！

林海音

一九九一. 六. 十七

（17）

古剑：

又两年不见了，这两年我每过港都是转机去大陆，所以都未进港市内。你的情形好吗？除固定报社工作外，没写什么吗？没到那儿去吗？

贺年

夏承楹

林海音　鞠躬

一九九四．元旦

余光中书信四则

(1)

古剑兄：

九月十三日来信及照片收到，谢甚。

别香港匆匆已近一月，行前那一段日子，又累又乱，心情又十分低沉，于今隔海回忆，真像一场噩梦。人生几何，那里经得起如此三番四次。可慰的是，居港十年交了不少可贵的朋友，写了一些值得留下来的作品，可谓不虚此行。多谢你参加那次的惜别诗会，并大幅刊出维樑兄的巨文。年底回港，一定签赠新版的《春来半岛》一册为报。

现在我生活粗定，住在高雄市内。此城市亦如香港，乃一港市，人口有一百三十万，但市容及一般建设均不如香港。中山大学在城之西北端，建筑宏伟，超过中文大学。我的办公室在文学院的三楼（外研所所长室）及四楼（院长室），窗均朝西，正对台湾海峡，水天一线的后面，正是我刚刚告别了的十一年香港岁月。此情此景必将入我新作。

匆此即祝

秋安

光中

一九八五年十月五日

（2）

古剑兄：

奉上短诗一首，或可配上港景。

我后天去美国开国际笔会，廿日径自美国去港，住维樑兄处。马上要乘火车去台北了，匆此即祝

虎年腾跃

光中

一九八六年元月九日

（3）

古剑：

很高兴接读来信。谢谢你要刊登《散文的知性与感性》，当然同意，此文除将在台发表外，并未投给香港任何刊物。我回台后只在近日出了一本专门论评文集，九歌版，叫《从徐霞客到梵谷》。送书太多，手头已经无存，当再嘱台北寄我。端此即祝

编安

光中

一九九四．七．廿六

（4）

古剑：

来信收到多时，迟复甚歉！

流沙河的文章《昔日我读余光中》，去年10月6日刊于上海《文汇报》"笔会"，我的回应《得失寸心知》刊于10月7日该刊。流沙河现址为："成都市大慈寺路××号"，区号610016，电话028－86781×××。

"学者散文专辑"我将尽量执笔，当于寄稿时一并把《当我死时》录赠。近来我极忙：4月曾去母校南京大学讲学，并见到沙叶新，又发现他与我同为南京第五中学校友。我告诉他，我与你颇熟。端午我会去汨罗江参加国际龙舟节比赛，于开幕式中诵诗祭屈原。

近佳

光中

2005.6.2

痖弦书信十五则

(1)

古剑先生：

给梁实秋先生的《良友》已转呈。梁先生说，他年纪大了，最近身体多病，已不再接受访问。他要我谢谢你的美意。

祝

好

弟痖弦　敬上

一九八五．十一．十三

(2)

古剑兄：

王西彦先生《苦汁从笔端流出》及彦公玉照均拜收，十分高兴！当编辑二十年，能为三十年代文坛前辈服务这经验真新鲜，真珍贵；也是我无上的光荣。

艾芜先生、师陀先生、卞之琳先生也请致意，致敬意。

我还记得二十几岁时读彦公《微贱的人》长篇时的感动情形。

祝福

弟痖弦　敬上

1988．7．4

(3)

古剑兄：

萧乾、柯灵、施蛰存三老之文及照片均收到，旧年前刊出，请勿念。谢谢你的引介、协助，我很感激！

许老（杰）文章早已刊出，寄上剪报，请转交。发表当时曾寄给你过，不知何以未曾收到。

贾植芳先生稿于副刊嫌长了，我想删短些刊，不知他愿不愿意？

其他大陆作家的稿，也请代催。麻烦你了。

祝福

弟痖弦　上

1988.1.11

(4)

古剑兄：

作家拜年不必一一转寄了，来稿已全部刊出。这个专辑成功了，要感激你的相助。

施老的文章尾段，提到两岸政治，是好意，唯仍觉对自己读者会造成反感，删了几句话，临时发现来不及征求施老同意了。施老提起，请代我致歉。

贾老文章，将删短发表。

元洛先生论拙作之文收到。有一短函，请转交。

祝福

弟痖弦　上

1989.2.10

(5)

古剑兄：

我们在何怀硕家的小楼上观月，享受你送给我们的月饼。在座还有汉宝德夫妇、高信疆夫妇，遗憾是吾兄不在。

也斯在台北开会时，我回大陆故乡河南南阳探亲，没有看到他。我与他很熟，他的第一本书《灰鸽早晨的话》，也是我替他出的，当时我担任幼狮文化公司总编辑。

祝

好

弟痖弦　上

1990.10.15

(6)

古剑兄：

这期（四卷一期）封面换成白色，看起来很有生气，使人眼前一亮。比暗色的少了书卷气，但有"广告效果"。

施蛰存先生过世了，对他的历史评价，后人绝对会提高。许子东《卷首语》中，就透露出这种消息。他写得很好。可以断言：鲁迅会缩水下降，施先生会愈来愈高。

记得你曾告诉我你是施老的学生。我们应该为他老人家做更多的事，比如全集之行印等，你在《文学世纪》上呼吁一下吧。

我在上海华东医院看到施老时，他已不能言语，面对他，好像面对现代中国文学史最重要之一章，作为一个现代主义者的我，一个后辈，有太多的激动、感慨。

谢谢你长期赠阅《文学世纪》，我因内人生病（病得很重，廿四小时戴氧气）无法安心读写，只有期诸来日。老友知我谅我。

祝好

弟痖弦　上

2004.2.5

（7）

古剑兄：

可能因为编副刊二十多年的关系，与很多文友结下文缘，他们出书，总喜欢找我写序。

我写序不像一般人，送个"文字花篮"应酬一下得了，对序，我非常认真，把它看作我的正式作品来处理，所以，有多少能耐也都搬出来了。但写不"到位"也是没办法的事。

我的序跋文集最近整理了出来，有四十万字之多，已由台北洪范书店分两册出书。我请书店代我寄赠你一套，请你指正。

内人肺功能衰退，现二十四小时都用氧气，我照顾病人无暇也无心读写《文学世纪》的稿，只有等桥桥病好一点再交卷，马马虎虎潦草地写，对不起老友你。你编得那么认真。

祝

平安喜乐

弟痖弦　上

2004.9.14 匆匆恕潦草

（8）

古剑老友：

我因心脏出了问题，加拿大看病、开刀要排长龙，所以跑回台湾利用退伍军人医疗保险作长期治疗。身体不好，很多朋友都没有联系，害你找得我好苦，真是对不起。

《文学世纪》停刊，这是香港甚至两岸文坛的损失。你编得很好，为什么停了补助呢？没有道理。希望将来能申请复刊，或找财团去资助，不要放弃这方面的努力。

我有一位家乡长辈王广亚先生办了一所育达学院，承他照顾请我到中文系教书，以客座教授名义，有宿舍可住，也有不错的薪水，不过课不多，我就待了下来。答应学校教一个学年，已经教了一学期，这学期教完，也就是今年七月之前，我就回温哥华了。

在这段时间我没办法回加，施蛰存先生给我的信不多，我都存着，不过我的东西（书物）实在太乱，孩子们找不到，一定得我自己找才行。如果时间不急，等我回去后找给你如何？你信的"又及"说七月回去找来得及，那就等七月吧。

林耀德的遗物，不知谁在保存？问问散文家郑明娳也许她知道，要不然问问未亡人林太太。这两位女士的地址电话联副陈义芝那边一定可以查到。我跟她们没有来往，只晓得郑明娳目前在玄奘大学教书，详细情况不清楚。

苏雪林女士的遗物，听说全部捐给了她故乡的安徽大学，不妨问问看，问问应凤凰会知道。我会写信给纪弦先生，请他支持，把信①早日寄给你。

为施老师编本海外书简是有意义的事。至于书名，我一时也想不出来，最好用感性一点的，副标题可以维持"施蛰存海外书简"字样。我想到"鸿来雁往"或"雁往鸿来"，只是嫌老气了，不适合。

　　祝

好

痖弦　上

2006.3.14 苗栗

---

①　此信指施蛰存的手札。——古按

(9)

古剑兄：

人一辈子办不了几件事，也交不到几个朋友。我说的是有意义的事，真正知己的朋友。

上次你要我为施蛰存先生的书函集撰序，我写好几次都废然而止，不是不重视这件事，而是心理压力太大，最后还是黄牛了。这件事对你非常抱歉。所以一直不敢与你联络。老友知我谅我。

我当编辑，《联合报》副刊二十一年，幼狮文艺十五年，加起来近四十年岁月，累得到今天好像还没有休息过来，真的是一生的精气神都摆上去了。

你建议把我所收名家书信辑为一书，是好主意。这样的书有人肯花钱出吗？如果可行，我就去整理。不妨定个主题，以海峡两岸文学交流主调如何？当年与我联系的并非只是通信，每封信都与稿子有关。我稿子发得多到连台湾本土的作家都在抱怨："登那么多大陆的稿子，你们《联合报》到底是为谁办的？"我不管，觉得应该做的就勇敢地去做。

在两岸文学交流史上，我是第一只穿梭来去的燕子。这话不算夸张吧。我们就以这个主题来选信如何？

高信疆逝世，我写了一篇悼文，把他好好地夸赞一番，死者为大，冷静的历史回顾不宜放在悼文中。

你信上说想编一本名家书信集，问我可不可收我的几封信入书？当然可以。你选吧，信中修辞不周到的地方，请全权加以润饰，得罪人的话，也请删去。

施先生书简，请寄我一册。

华东师大在编《施蛰存全集》。我找到他给我的信，就寄你安排。

电脑时代，人人与时俱进竟上电子信箱，纸上书信变成"宝贝"，这话不差。我是电脑文盲，至今写信还是采用雁往鸿来的老办法，留几个遗老做最后的风景也很好。年轻人一定认为纸上世界是荒凉的，其实，我倒觉得他们的世界才是荒凉。

祝平安喜乐！

痖弦上

2009.7.28 温哥华

（10）

古剑兄：

书信的重要历史意义正如兄信中所说。我听你的话，着手整理我藏有的信简。我是个慢动作，要明年才能交卷。先弄一本试试，待遇不计较。

大象出版社是不是河南郑州的？我是河南人，他们可能对我这个老乡有兴趣。河南把我当人物。

我出了一本有声书《弦外之音》，是我谈诗、诵诗的集子，不知你有兴趣否？如无此书，我即寄呈。

大象版的书信集，可否寄一本看看编书的体例，这样可以作准备稿件时的参考。

自传确有可写的，但工程也大，我一直下不了决心。其实写得像曹聚仁《文坛五十年》那样，也就可以了。

我快八十岁了，难逃自然规律。有些事真的要快马加鞭了。

祝平安喜乐！

痖弦上

2009.9.10

(11)

古剑兄：

收到《施蛰存海外书简》和《书缘人间》。多谢。

施老的书简中你也选了致我的一通，这封信写得特别精彩，其中有对文坛现实的讽刺，虽然口气温婉，但也隐含道德勇气与文化良心。施老跟鲁迅一样，是巨人。

《书缘人间》以文友题赠本纪事，非常有意义（思想），也有意思（趣味），我竟然没有送书给你，实在失礼。这边寄书贵得不合理，待我函请出我书的出版社寄《聚散花序》等芜作给你。

我重视我的序跋集《聚散花序》（上下二册），有四十万字，恐怕是两岸最厚（厚而不实）的序跋专集了。我不记得寄你没有？请具告。

保重身体。

祝平安、喜乐、健康！

痖弦上

2009.10.4

(12)

古剑兄：

写回忆录无疑把旧伤口撕裂，我对这件其实应该做的事一直回避，不敢面对。

你的建议我会放在心里。

你也应该写你的故事。钱锺书先生说"自传就是他传"，通过自己，谈谈这辈子见过的可敬的人物，善莫大焉。你想，光是施蛰存先生与你之间就有太多可记之事。

你说你没有才情，只能编编，此话差矣。我认为你的潜力还没有发挥出来。

这么吧，我先把你要的老作家跟我的通信找出来。电脑出现后，手稿变得受重视了，也算商机？希望李辉先生的出版社不赔就成了。

鲁迅有《两地书》，咱有《两岸书》，不错的书名。

祝好！

痖弦上

2009.11.20　温哥华

（13）

古剑兄：

我眼睛刚开过白内障，手术不是很顺利，至今没有恢复正常视力。

读写基本上暂停了。你要我做的事，一时还没办法做。乞谅。

去淮阴、郑州是打鸭子上架，因为是关于我一个人的作品研讨会，主办单位又以来回机票和食宿费用招待，不便推辞，只好硬着头皮拼老命参加了。其实我身体一直不对劲，睡不好，心悸，心跳不正常。已经做了通盘的检查，最近可以看到报告，不知是凶是吉。

你信上说你患了老人黄斑病，不可等闲视之，要好好检查一下。偏方（食补）也很重要，建议你吃些煮熟的胡萝卜，一定要煮得烂熟，每周吃两三次，一次吃一大饭碗，非常有效。胡萝卜是食物，不是药物，吃了即使无效，也坏不了事。

等我眼睛好些，我会抄一首诗给你，还有施公的墨宝，我也会找出来。至于自传，兹事体大，我精神上有些压力。不过此事不宜太迟，我再有两年就八十岁了，不写不行了。

兄对我太好了，交你这个朋友，是三生有幸。老实话，良心话。

祝新春多福，万事顺遂。

痖弦上

2011.1.23　温哥华

有声书另邮寄出。

（14）

古剑兄：

2011 年 1 月 9 日的来信今日寄达。我眼睛白内障手术后视力恢复还没有正常，写字吃力，谨将诸事分条报告如下：

（1）《两岸书》一直还没有动工，现《大象》书简系列的主编李辉先生既然"大有兴趣"，那我就开始翻箱倒柜了。我女婿与我同住，重的箱子可以由他代劳搬动。信稿集齐后，再复印全部，寄你审看一遍。我兄将为文人相重、彼此鼓励、逼稿成书又添一例，一定请你写篇长序，细述出版缘起，而这篇刚到的《两岸文学交流第一燕》（好标题），似也可考虑附录在书后。李辉先生记忆中曾与我通过信，他的文章我很敬佩，便中请代我问好。

（2）附呈赵清阁女士《致韩秀信八通》（1987—1997）。我友韩秀是著名小说、散文家，现居华盛顿。清阁先生在世时，与韩秀和我通信甚多。这八通信中清阁数次提到我。记得两岸最初交流的时候，两岸来往顾虑还比较多，韩秀常帮我从中联系三四十年代老作家，因为韩为美国人（在中国长大，能用流利的中文创作），她先生在美国大使馆做事，联系比较方便。这阶段清阁也写了不少信给我。将来都可编入大象支持的《两岸书》中。赵清阁是河南人，李辉好像也是豫籍，跟河南人打交道吃不了亏的。一笑。

（3）你称我是"两岸文学交流第一燕"，我很高兴。这篇文章

· 113 ·

写得很好，我仔细查过，日期什么的也都正确。我佩服你文学历史意识之强、头脑之清晰、办事态度之积极，不像我，不到八十，就有点"犯迷糊"了。你信上说："我自觉已到了写东西的最后阶段，力所能及的不论好坏，写上一些，以留下一些资料。"这话对我有提醒、鞭策的作用。好吧，由你带头，你已开始，我就跟进吧。

（4）有声书近日补呈。上下两册的《聚散花序》，还有我 2010 年秋天出版的《记哈客诗想》（诗话集），你都有了吗？如没有，请告，我马上寄去，请你指正。

（5）叶辉要编一本《晒书》，很有意义，也很有趣，你们可以合作。不过不要太累，感觉累了就休息，别硬干。你对不起自己的身体，身体有一天也会对不起你，等到身体反扑，可就来不及了。

祝新春多福，诸事顺遂。

痖弦上

2011.1.28　温哥华

匆匆草就，太乱了，抱歉。

体健只缘餐饭少，

诗清都为饮茶多。

少吃油腻，多喝清茶！

（15）

古剑兄：

寄上（水运寄出，六个星期可达）龙彼德著《痖弦评传》。龙兄，杭州人也，他花了七年写成了这本书，虽曰评传，但传多评少，对传主十分客气，不过资料都是我提供的，是可信可靠的资料。

你信上一直鼓励我写自传，我也想写，但下不了决心，我的散文不行，像王鼎钧那样的笔力，我没有。虽然如此，自传还是有必要的。钱锺书说"自传就是他传"，虽是说自己，但也等于说了时代，说了我处的时代的重要人物，不是我有什么了不起，是我经历的时代、交往的人物了不起。

《记哈客诗想》已签了名寄呈①，想在邮路上了，都是用水运，因为加国邮费太贵，办事懒洋洋，时常丢信，还要填表，很噜苏。如过一阵子你没收到，我再补呈。如发现寄重了，就请转赠给叶辉。叶辉是可交的朋友，学问也好。有一年我到香港担任优秀诗人作品评审，读了不少他为友人诗集写的序文，每篇都写得非常好。后来，老友蔡炎培约他和我一起喝酒，可以"晤谈甚欢"来形容那次竟夕畅谈。

李辉答应出版《两岸书》吗？要不要开什么条件？愿闻其详。如果决定出，我这厢就动工了。台北有一家很大的出版社允晨文化出版公司，总编辑廖志峰先生昨天来信，说希望出版我与大陆前辈作家的书信，如果给"允晨"，那我就写在台初期禁书时期借书、藏书的故事，或我收藏民艺品的故事，交你审阅后列入"晒书丛书"，交叶辉出版了。叶也信得过，我只是想知道他自己有出版社吗？

祝身朗诗健！文思泉涌！

痖弦上

2011.3.8

林曼叔先生主编的《文学评论》刊登了你写的《两岸文学交流第一燕》。将来此文可以用作《两岸书》的"代序"或"附录"。

---

① 此书始终没收到。——古按

纪弦书信一则

古剑兄：

　　信收到，悉一切。我不需要稿费，请不要交柯振中带到美国来寄给我。但愿贵刊能继续出下去，我也乐于经常投稿，请兄指教。从前刘以鬯办刊物，我写稿，有诗有散文，都是不拿稿费的。每期的《文学世纪》我都收到，很喜欢，你编得很好。日后我经香港回国观光旅行，你只要请我喝一杯就很够朋友了。草草上言，顺颂近安！

弟纪弦　顿首

2004 年 10 月 25 日

林清玄书信两则

(1)

古剑兄：

很抱歉，来信又拖了半天才回，因为最近我在台北有好几本书要出版，以便赶在暑假时发行，所以忙碌得很，敬请原谅。

我的那一本《雪已经开始下了》后劲很强，1月是排行榜第十九名，3月是第九名，4月是第五名。在这本书后，我已出了《雪中之火》与《大悲与大爱》两书，过几天我寄赠给您（与选集的稿件一起）。

我们的杂志已铁定在6月1日出版，我从第一线退居第二线，担任改写的工作，目前已在紧锣密鼓，名字已订为《时报新闻周刊》。

我的自选集最近颇让我伤脑筋，因为我的文章长短差别很大，现在我计划挑选三千字左右的十五篇到二十篇代表作（都是得奖的作品），然后再挑选五十篇短的散文小品文，分成两辑。我会在最近寄给您。

前次您在信中提到要写作家或艺术家访问的事，因我无暇做这个，可能帮不上忙（我近来专心写书，采访稿已很少写）。但若您需要，我可帮您找人写，只是不知道《良友》的稿费如何？台北的稿费约在千字台币八百到一千元左右。

另外台北的散文家中，我较熟的有林文义、陈煌、席慕蓉等人，其余的也都认识，如果您想找哪一位出书，我可代为联络。

合约我已签好，一切条件都没问题，唯一我加了一条也是我在台北和出版社都有签订的，就是在每回再版出书前先通知我一下，并且把那一版的书送五册给我。

我在台湾的书，每本约可卖到八版左右，初再版都是三千本，大概总计两万册，在香港的情况不知您们可做过预估？希望不要让出版社赔本才好。

匆此　敬祝

安好

弟清玄　敬上

1986 年 5 月 8 日

(2)

古剑兄：

收到来信。

关于散文选，我并没有以与佛有关的作为主线，可能是选的时候，不自觉地多选了几篇，但我想这样风格反而较能统一。

我写的一些短文所以没有选在里面，也是为了风格的问题，因为如果长短差距过大，未免突兀。不过，如您觉得有必要，可在我的《金色印象》《孔雀的幼年时代》书中挑一些放进去。

过去，我写了不少人物专访，现在已经完全放弃了，放弃的原因有三：（1）是不希望再花时间为他人作嫁；（2）是为我自己的思考风格日渐强固，有时很难把自己的姿势摆低，去访问不如自己的人物；（3）是很少有人物非访不可了。

所以，您几次请我为《良友》写访问，我都不能帮忙，实在抱歉，而且今后我将专心致力于创作，写人物是更不可能了。

台湾人物专访写得好的不少，像季季、心岱、郑宝娟自己是作家，又有记者经验，是最好的人选，可惜她们都太忙了，怕也不能一系列地做。

我向您推荐两位我的同事，一位任职于《中国时报》艺文组，叫董云霞，一位任职于《时报周刊》，叫黄志全，他们两人文笔都很好，而且跑过出版、杂志的线，很能掌握重点，在台北的评价也很好。若您认为适合，我可代您向他们谈谈，或者您直接与他们联络也可。

其实，这方面的访问稿，应凤凰来写也极合适，她对作家非常熟，而且有研究基础，文章也不错，并且她是公务员，生活单纯，不会太忙。——我的同事都是忙得焦头烂额，要他们一系列地写，可能性并不大。

关于评论我文章的评论，由于都没有写到核心，我不愿意放在我的书里，但是若需要一篇序或后记，我可以寄一篇给您，放在书的前面或后面。

不知道香江这本书何时会出版？

匆此　敬祝

安好

弟清玄　敬草

一九八六年八月廿六日夜

△可否寄一两本《良友》给我看看？

阿盛书信二则

(1)

古剑先生大好：

收到大札与《博益》月刊，真是感谢。用"现代民谣"来诠释，相当"获"我心，精简点出，读之喜悦。

照片已转给《自由时报》副刊主编，应是他会妥适处理。

得便来台，务请联络。

又大好

阿盛拜

1988.8.29

(2)

古剑兄大好：

收信甚是高兴。正记挂着你呢，在福建，许多人提起你，我说"是老朋友，好朋友"。文联、作协的人都认识你。陶然兄是打了照面，谈了一会，可惜没多谈。

以后到香港是要找你的。

福泉漳之行，颇有收获，闽南确实很像南台湾，尤其是乡村景观，很难分别，到底是同样的人文背景。我找到古龙溪县"烘头社"部落，那村庄全姓杨，大约我先祖就从这里到台湾的，却是我家已无族谱，当初来台的先人可能是不识字的吧，只靠口传，亦足印证。"联副"那边稿子已给，目前欠人稿子不少，如果较有时间，

"走马闽南"会写一些的，可能的话，先在台湾发表或同步。

你再到台湾来，务必来找，说过几次了，不知你何时得便？

陆陆续续翻阅《台港文学选刊》，见了些你的作品，真好。

又大好；烦代问候陶然兄好。

阿盛拜

1993.12.3

李瑞腾书信一则

古剑兄：

　　一直静不下来好好复你的信，惭愧！在台北，没能和你谈个痛快，很遗憾。关于文讯《香港文学特辑》在香港引起的"关注"，我见过几篇，《大会堂》上陈德锦先生的宏文亦已拜读，我有很多话想要说，但真的很难找出时间好好再思考这个敏感的问题。你有意组织一座谈会，如办成，一定很精彩，可惜无法前去一趟。我个人也认为此特辑很不足，资料以及判断也很难避免缺失，然而我们绝无轻忽之意，也许我们会再策划一个续集。比较有空时，我想就香港文学再表示些看法。关于名家小说，我没有立场为你组稿，假如你有人选，需通讯处我可以提供。端此敬祝

　　编安

弟瑞腾　拜上

1986 年 1 月 23 日

高准书信一则

古剑兄：

正在想不知你怎样了，很高兴收到大函。

关于你对拙撰新诗选析的质问，奉答如下：

拙稿对诗人的前后编列，完全是以诗为纲，也就是先选诗，然后就所选的诗看它是属于哪一年代就编在哪一年代，诗人的传略是跟着诗来的，放在所选其诗出现的第一首一起，所以界定的准则很简单，他最好或最具代表性的诗（就是我所选的诗）出现在哪一年代就列入哪一年代。至于选哪些人，则完全不受其知名度的束缚。大陆五六十年代的诗基本上是我于1974—1975年在澳洲时搜读选择的。我读了至少也有一两万首。当时这领域还几乎没有人在做，所以对我来讲，所有的诗人是同样的陌生，同样的初次接触。所以绝没有因哪个有名就选、没名就放过的。所以我选的，就是我认为好的，跟他现在知名度之高低毫不相涉。这就叫真正的客观——一种不受外界影响的一定标准下的选择。当然这标准（包括美学标准与政治标准）纯然是我自己订的，也全不受外界流行意见的影响。所以所选标准的订定也可说是纯主观的——而这正好也就是纯客观的，因为它完全排开一切流行的美学标准与政治标准的干扰，坚持原则贯彻始终，所以就正是主客观的充分统一。我所持的美学标准，可以用谢赫所云的"气韵生动"四字为依归（包括"气""韵""生""动"及"气韵"与"生动"六个概念及其引申）。谢赫（南北朝时人）这四字本是用以论画的，但我认为它可以推广为诗以及一切艺术的共同美学标准。至于政治标准，则以人道主义、爱国主义与民主主义的方向为准，所以虽然看了几万首，能用的实在不多，够累的。关于以上标准的申述及本书写作经过，已写在我的自序里，自序题为"一段艰困的途程——《中国大陆新诗评析（1916—1979）》自序"，约六千字，尚未发表。兄在香港如有可安排发表之处，当寄上一份。请示知。至于晓雪，所出诗集也不至一种，当然仍是诗人，何况他的诗论似只是专论艾青而已。但不管人家认为他主要是诗人还是诗论家，我认为这也不重要。重要的是我认为他那诗好不好，即使只写了几首，够好，就有得选，即使写了一两千首，若都不够好，就一首都不必选。不知尊见以为如何？就中国古代来讲，如《古诗十九首》，作者是谁都没人知道，却不能不读，而江淹、沈约之流当时虽负盛名，却已不读也罢。故当代知名度的压力，是必须首先抛开的。

蔡其矫的诗集，除《祈求》外，我都没有，蔡先生如有回信，甚盼求他回赠我以他的诗集。可先在你这儿存一下。我最近准备申请赴美一行，如顺利，拟在七月底八月初去，届时再商量如何寄来。反正，只要他寄给了你，就先通知我再说。转送给蔡先生的拙著三种，想来你已先过目，恳请给我意见。盼来信，祝好

弟高准　拜

1987 年 7 月 3 日

又：澳门的大学有没有概况之类的寄我一份看看。我在台湾住得有点闷。你看明年会不会有点机会来看看？

蔡文甫书信一则

古剑先生：

　　手示敬悉。已经与梁实秋先生联系。因梁先生听力不便，而且最近身体健康状况亦欠佳，不愿意接受别人访问，大概是年纪大了，能不烦心就不想烦心了。

　　未能遵嘱达成使命，甚歉。专祝

　　编安

蔡文甫　拜上
1985 年 11 月 13 日

应凤凰书信三则

(1)

古剑：

12 月 14 日的信后，您说寄上小书两册，此信很早收到，可是书在昨天——元月 11 日才收到。不过总算收到，十分高兴，利用周末的晚上，一口气先把散文集看完了。

我比较喜欢像《五月雨》《六月凤凰》这两篇那样，短短而又抒情的散文，看完之后，仍余味无穷，这是高手才有的功力。

还有，您写作家印象的文字真是好，本身既是好散文，又让读者有机会通过字里行间，对他们有了深刻的印象。像写倪匡，写艾芜、也斯等等，很是传神。

这阵子与钟丽慧忙着交两本书稿（即您看过的《文坛奠基者》），头昏眼花，好容易喘一口气。元旦的三天假期，我跑到南部（高雄县），去钟理和纪念馆，感慨万千。明天能见到钟，我会把您给她的书交到她手上。

谢谢您的赠书。再联络

凤凰敬上

（1985）1/12

(2)

古剑：

两信都收到了。最近忙还稿债，抱歉把您的信耽搁了。

《文讯》21 期该收到了吧？接信即打电话去查，说是这期用水寄，到得较慢，您可问问徐行收到了吗？（很早就订了）。这边 22 期都出来了。（而且您应也每期都会收到，已列为赠送户）。

画报我 20 期、21 期（元月、2 月），总共已收到两本，可见会收到。我是《香港文学》订户，每期都收到，但元月号（香港特集）反而没收到，前天只好写信请刘先生再寄一次。

谢谢您在专栏上介绍了"资讯作家"，其实这样的人在台湾也是少数。也纯是兴趣，谈不上能做什么大事。不过这类人物在逐渐兴盛起来的台湾文坛，仿佛很欠缺，以至于我和钟都十分忙碌似的，弄得欲罢不能。不是我爱做，是人家推着你做，停不下来了。

有两件事请您帮忙。其一，可否通过天地图书公司代订《读者良友》？我目前只有到 16 期（1985 年 10 月）止，17 期以下，都缺。我怕直接从三联寄不行，只好由天地转订。其二，我近日听此地旅行社人员谈起如何办香港探亲手续的种种。颇有意思，如果可能，我也试试。因为实在很想到香港逛逛，又苦于不能去观光。您可帮的，就是，如果有机会，帮我留意一下，您是否有姓应的好友，只要他有香港居留权（证），又肯写一封信给我，我就可凭他的来信，在我们这里办探亲。

写稿的事，我问问痖弦，他如果肯，我定帮你写。

祝好

凤凰敬上

85.3.7

（3）

古剑先生：

信收到了。蕉风的事，千万别在意，得书与否，本也是一个"缘"字，就像人与人的遇合，您以为如何？

九歌的地址是：台北市八德路三段 12 巷 51 弄 34 号，主持人姓名：蔡文甫。（梁实秋曾在九歌出版社出版了两三本书，相信是熟悉的。）我如果有适当的机会，会帮您留意梁实秋的照片，也许可找到一些，但不一定有百分之百的把握。

写林海音，她实在太熟了；但我会遵嘱与她商量的。另外，我与一朋友（也可称是死党吧），我们共同为一《文艺月刊》每期轮流写同一专栏，总题为"文坛奠基者"，从 1984 年元月，写到现在，我写单月，逢双月她写，每期 6000 字，她已写过钟梅音、潘人木、琦君、张秀亚、孟瑶、林海音、严友梅、艾雯、童真、蓉子、徐钟佩、王明书（都是女作家）。我写的是：王鼎钧、师范、王蓝、凤兮、子敏、何欣、何凡、杨念慈、马各、彭歌（男作家）。

我所以如此不厌其烦，把名字全抄了出来，就是说，哪个作家，您认为合意的，或适合您们刊登的，我们将乐意提供资料。《文艺月刊》销量极小，发行对象又多半为校园。我影印了一份钟写的林海音（作为举例），您看看是否还可，或者您希望我重新用什么角度来写，盼得到您的来信，并作说明。

您们是否一定介绍老一辈的作家呢，年轻辈的，如黄春明、陈映真等，也应是很好的题材。您提到的尹雪曼以及那套《文学研究丛刊》，我们此地的读者与您完全有同感，那套书实在是叫人脸红的出版品，这大概也是此地不肯开放三十年代文学的恶果。尹雪曼是一个典型的文艺官，最近因被发现在某文艺团体理事长任上，财务账目不清而声名不佳，已退休赋闲在家。您信上说："本想写短文，怕惹麻烦也就算了……"使我觉得奇怪的是：香港这地方也有怕惹麻烦的顾虑吗？出乎我的意料。

我对凡是与书有关的东西皆有兴趣。有两本书有否可能代我买买看：

（1）《全国书籍插图选（1977—1979）》，24K，湖南美术，

12.00 元；

（2）《当代世界书刊装帧艺术（一）封面设计》，花城，22.00 元。

如果买到了，烦请包装时多费心，封牢一些，以免破损。先谢谢。

对了，您提到 10 月 4 日有作家团来港的事，我正想为类似的事拜托您。就是：如您能提前知道，香港将有什么大型书展，请尽可能早来信告诉我。因为台湾办香港的签证要一个月的时间才能下来，因此要很早先知道消息，才来得及办手续。我希望明年有机会自行去一趟香港（不是跟一个团体），为了不虚此行，但愿排在"有好看"的时候才去。

似乎太唠叨了，整整写了两张信纸。若有何可代劳之事，请尽管吩咐，我会尽力而为。

祝好！

凤凰敬上

85 - 9 - 20

钟丽慧书信二则

(1)

古剑先生大好：

来信收到许久，因为明日全家出门旅行，所以近个把月来忙得一塌糊涂。

十分抱歉，祭孔照片没帮您找到，因为摄影记者朋友每个人每天都忙得不可开交，找旧底片几乎无从找起，至问《联合报》，资料室较具规模，但不外借，请包涵。

您来台的照片，我一直没收到，或许我就是那少了的一头牛！

书展期间（14—18日）有陈信元、秦贤次等朋友前往。

对了，如果可能的话，可否将刊登张秀亚的那一期《良友》托人带给我？张秀亚在美国看到，十分高兴，她一回台湾就打电话告诉我，一并致谢。专此，敬祝

编安

丽慧　敬上

（？）10/87

(2)

古剑兄：您好！

十分抱歉拖了这么久才回信，因为这些日子来，报社每天开会、写企划书，为《自立早报》规划，心力交瘁，请见谅。

有关烦请您提供大陆、香港文化消息一事，社方能够回报您

的，只有稿费一千字一千元台币，及 FX 电传费用（请寄收据再还您），如果您不嫌弃我们的待遇，烦请您帮忙。电话传真的号码是台北 3952380，3933734，文化新闻组钟丽慧。

至于文化讯息，如您提及白桦来港、吴冠中开画展，还有近日在香港中文大学举办的武侠小说会⋯⋯

不知意下如何？盼告知。

敬祝新年快乐！来年如意！

丽慧　敬上

十二．廿五/87

钟玲书信两则

(1)

古剑：

　　谢谢你，邮寄的稿费支票及你的传真都收到了，可见你办事之效率。

　　附上《狮子座流星雨》的三百元港币支票，及签收好的回条。请替我把支票存入我香港之账户，并寄存款条给我。

　　（账号省略）

　　"学者散文"的文章，我会写。

　　我没有施叔青的地址，所以无法寄给你。

　　祝撰安

钟玲

二○○二年一月十日

(2)

古剑：

　　附上给《文学世纪》学者散文的《活生生的历史材料——女诗人茱安·凯格》，如果贵刊不方便的话，可以不刊出其中的英文文字。并附照片三张。

　　台湾的《幼狮文艺》也希望刊出。我已告诉他们《文学世纪》是四月号，他们也会四月号刊出。

　　又，你是否替我把《狮子座流星雨》的稿费支票三百元存入汇丰？能否把存款条寄给我？

　　敬祝

编安

钟玲

二〇〇二年二月八日

陈仲玉书信两则

(1)

古剑先生：

敬启者，来函已经拜读多日，只因这段时间里均无法抽空为贵刊写稿，所以拖延至今才回复，非常抱歉。今者已由敝研究助理杨淑玲女士草就一稿。随函奉上，并且附彩色幻灯片数帧，敬请指教。目前我们还在曲冰遗址继续发掘工作。匆此敬颂

撰安

陈仲玉敬启

一九八六年十二月四日 ①

(2)

古剑先生：

谢谢您的来信，并且欣闻曲冰遗址发掘的报道文章将在贵刊二月份刊出。因为这篇文章是学术性的报道，近日曾与撰稿人杨淑玲小姐谈及此事，我曾建议她不要用"阿斌"笔名，还是用她"杨淑玲"本名。她已同意。至于图片的摄影人仍请用"亚平"的名字。希望还来得及改过来。

---

① 1986 年画家李毂摩先生带编者探访少数民族山区，正遇考古学家陈仲玉先生带队在曲冰遗址作考古发掘，请他提供稿件，供《良友》刊登。——古按

至于有关台湾山胞生活的文稿，您可以直接写信给"中央研究院"民族学研究所刘斌雄所长。他那一研究所有许多台湾山胞研究的专家。相信他们会很乐意。端此，敬祝

　　新春万福

陈仲玉　敬启

一九八七年元月八日

何怀硕书信十一则

(1)

古剑吾兄：

此次来港画展，蒙不耻下问，感幸之至。尤愧受吾兄热情款待，中心铭感。何时莅台，当浮一大白。

贵刊请赐寄一份，以便拜读吾兄之大文也。

明年弟来港当再谋良晤。

专此即颂

文祺

弟怀硕　顿首
一九八四. 十二. 六

(2)

古剑兄：

信敬悉。第二次寄上原稿。中间还有一篇《"有用"与"无用"》，因为所论有一部分与本地新闻有关，故特寄上（已刊于 12 月 9 日联副）关于写稿，我有解释：写《煮石集》是习惯成自然，先写上了擦不掉，而吾兄望我多谈文论艺，我因为：（一）此专栏在第一大报，每天有几百万读者，故不宜专为爱文艺的一部分人所写，而为人人所写。（二）我很不愿意将思考局限于文艺，也不主张一个文艺人天天想到只是文艺。（三）一般谈文艺的文字已太多，而且成为文人一般伎俩，就以为那种文章应在文艺刊物，不应在大报作专栏。我以为应面对天下，为天下发出我的所感所想，像余光中写游记，每周专栏这样写，没道理。香港专栏境界多半比较低，多是个人呓语式的宣泄，也多半在为报纸增加余兴节目而已。我们在此已将专栏提升，乃是观念、思想、品味的阐发。许多文人有如千手观音，到处发表文章，文多则滥，没有人能逃过这个法则。我深以为戒。

你我一如老友，不说客气话。我不能再答应写一个专栏给《良友》，蒙你不弃，居然用上。何时老板不要，绝勿为难。我呢，遇有自认合适者即寄原稿给你，如果原稿不敷你用，由你自报上选用，至于原稿稿费高，非原稿低，我毫不介意，任由报社（《良友》）算就是。我的稿费，由兄代领就行。但不知《良友》付外地作家稿费是否折美金寄出？故若每三个月或半年寄来一次也欢迎，随你。

好久没收到《良友》，不知何故。（6月、8月号我已有一册，7月、9月缺）

你要我帮忙找梁先生，此事极难。因为梁先生八十多岁，不大活动。他一切事都由新师母韩菁清包办，若要取得他各时期照片，看来得找到一位韩的好友才有希望。韩时常赴港（她是港侨），在港也有不少好友，可惜我不认识。九歌出版社负责人蔡文甫先生，是此间《中华日报》副刊主编，虽熟但没甚来往（我不能为他写稿，故他不太高兴）。如果你来台，我均可宴请他来与你一晤。余光中与蔡关系密切，若余肯托蔡求梁师母或可成功。（梁先生常有文登中华副刊，故有来往，关系自非泛泛也。）

其实我还不算是大家都不喜欢，只是有许多一般人都恭维的人，我另有看法，故不大与人热络。我常感到一个人并不要太多热朋友，因为时间太宝贵。我不应酬人，有些人就觉得我骄傲。

我看着许多文人，认识一箩筐人物，我不知道怎能有偌多功夫应付？今夏我花许多时间接待美国来客，其中纽约哥大的夏志清（谅你知道其人）教授，是《联合报》请来演讲的。他是我至交，年六十四，与我以兄弟相称，无所不言。此外尚有五六人，暑假我原来想做的事，只做了一小半。像我这样"孤僻"，还是免不了有"应酬"。画得太少，写得也少，但读书可说不断，算是唯一安慰事。

我太太可能寒假来港，我则要明春吧。

什么时候来台一游？

明天开学了，每周四个半天教书。

敬祝健康

（寄去一个签名备用）

弟怀硕

一九八五. 九. 十五

(3)

古剑兄：

寄上第三次原稿。

九月中接到贵画报社印刷函，邀我写一文于十月底前寄去，为《良友》创刊六十周年纪念专辑之用。我想这种文章一定请了一大群"名家"执笔，且多为歌颂之属，必不需长。我对《良友》自小有印象，乐意为《良友》六十年写一文，但有几点请教：

（1）写多少字？（2）写祝贺文章，还是只写一篇好文章就行？（3）六十周年纪念专辑是《良友》画报出特别专辑，还是在画报之外，另出一册专辑？（4）《良友》画报创刊 1926 年，是哪一个月？"专辑"出版谅必创刊之月份，按十月底前收稿，谅必一月才能出版，你们画报社社庆是不是一月？

请赐告，十月里我便可写这篇文章，寄去给你们。匆祝

文安

弟怀硕

八五．九．廿二

(4)

古剑兄：

上次才寄信去，即接你的书及信。读你书可知吾兄之人与心境，倍加亲切，也多些了解。

今天接到中文大学通知五月开会函，这个机会完全是你与管兄所促成，感慨之至！既得两兄拔刀相助，忝列一员，该会要论文一万字，又要演讲，又要五幅画展览，时间匆促如此，实在吃重之至。我一向不敷衍，也不欲负两兄之期望，一定得拿出好货色来，故极不简单。二月初至廿四号我与一群好友十余人（皆此间文学艺术界名家）去印度、尼泊尔，回来已二月底，四月要交出东西，未来之忙可以想见也。弟当勉力为之，以报知己！

自兄走后，除应付专栏及教书外，深夜皆作画，重新激起灵感，大约一月之后可有三四佳作。我画又慢又少，每画必反复思考，构思打稿，每至凌晨三四时不得不休息。日间事忙心杂，也无法作画。我之孤独也命中注定。如果要呼朋引类大搞公共关系，我必更无作品产生矣！

你走后又有三作家学者自美、英来台，又是一番应酬。虽然十分有益，毕竟时间花了不少。台北乃中国人世界之中心之一（他为纽约、香港）。

上次寄去《伤仲永》，这次是《狂热与灵感》，能否刊用，不必操心，你斟酌就是。

二月廿四日前后自印度来港，当可一叙。陶娃娃也可带回来，

谢谢你费心！

怀念两夜品茗谈天的境界，珍重！敬祝

圣诞新年快乐健康

弟怀硕

一九八五．十二．廿四

耶诞之夜

（5）

古剑兄：

十二月底你的来信很感人。一直未回信，因为实在忙得要命，这十多天把中大研讨会一万字稿子写好，心头大石落地，才能写此信。因为我二月初要与十几位朋友（都是文学家与艺术家及痖弦等六对夫妇）去印度，我必得把五月研讨会的一切东西（文、画、照片、资料等等）在一月底弄好寄出去，才不误事，其忙可想见！

我很欣赏坦直说实话的朋友，许多话等见面再说。我已辞去《煮石集》写作，印度回来要多画画。你四月能来，又可浮一大白，把盏夜谈，人生快事！照片别忘寄来，但二月起勿来信，因我二月底才回台北。祝

新年好

弟怀硕

一九八六．一．廿四

你回港后来过三信都收到。

（6）

古剑兄：

信收到。《文星》本来每月写一篇，写了任伯年、吴昌硕，觉

得太忙，十二月号停一期，以后每二月写一篇。一月号是齐白石。《文星》未如预期好，萧孟能没得高手，颇使人失望。

伍先生来过信，说一有假期可放即请你来台，等你来后再谈。若来台请先告我，我的稿费请以港币给我可也。你去澳门兼课，也好事，增加资历，来日有用。

寄上稿债一篇。

祝

健康

弟怀硕　顿首

一九八六．十一．十一

(7)

古剑兄：

来台之行是否已确定？弟四月三、四、五日三天到中南部去，希望你来台北时不在这三天内为感！

中大出版部要印饶宗颐先生画册，正在拍摄中。他嘱我写序，我不能不应命。等他把作品照片寄来再写，将来《良友》或可介绍。

见面再谈。祝

好

弟怀硕

一九八七．三．廿五

(8)

古剑兄：

你要出书，写篇短序，我很乐意。但需要看看内容是什么，才不会说些不着边际的空话。最好影印一份校对清样及作者生平简介给我，我可立即写了寄去（什么都没有，我便无法写）。

《九十年代》黄永玉的文章读过了，有人带来一本（台湾版我没去买）。黄永玉所写比范才子高明太多了。邵宇如此不堪，倒出人意料。

《艺术贵族》比前好得多，大概有香港《收藏家》那么好，或过之。你大可放心给他写文章，这本杂志不是很高的水平，但不低级，可以写。况稿酬算是难得的高了。

"在《良友》翻到你那张画"是哪张画？我不知你说什么？你的朋友手中正好"拿着一本"是哪一本？

你写文介绍我的那本《良友》若可寄一本赠我，甚有用，会好好保存。

我的画册正在编排中，每日常有传真往来付编，香港印刷公司甚为认真，台北不能比。我相信会有一本极具水平的画册出来，将来当送你纪念（大概十日才能面世）。

世界变化太大太离奇，台湾社会亦然。我最近金盆洗手暂不写文章，多做自己的事，实在太荒谬，说什么也觉多余，故安安静静做自己的事。但我近年的政治社会批评文集下个月出一书叫《变》。届时再寄你一本。

　　祝

如意

弟怀硕　顿首

一九九〇．八．九

(9)

古剑吾兄：

　　大著《梦系人间》收到，谢谢。

　　回来之后，杂事正多，虚耗时光，虽人生所难免，但一事无

成，深为自责。近日拟选杜诗为吾兄写条幅补壁，待书成当奉上乞
教。即颂
春安

弟怀硕　顿首

（一九）九一．二．廿八

（10）

古剑兄：

　　信收到！

　　《联合文学》总编叫初安民，似乎在什么报道中读到他现已去
职，到一出版社工作去了。

　　我确轻慢感性叙事散文，因为我看许多此类散文多无病呻吟
（无思想）或肉麻甜软，当然世上有好的。其次，我一向重观念，
写作论述文字多了，便习惯了，许多"评审"自以为很"文学"，
自己没思想，便排斥知性散文，你看这些评审有谁写出什么好文章
过？其实我不喜欢纯学术的文字，最好的散文我以为是有感情又有
思想，不应有感性与知性严格的区别，应是两者的统一。我写《乳
房》一文岂不也是两者的统一？纯抒情的文字必要有思想观念在其
中，所抒的情才深刻、耐人寻味。所以应说没有"纯抒情"的散
文。而知性散文必要"笔锋带感情"——所以也非纯知性散文。只
有哲学与评论才是纯知性文字。然则，也不合称之为散文矣。排斥
知性散文的评审，大都是我看不起的。

　　你的"画家散文"专辑中的写家都很弱，以画家论，也不是好
画家，有点失望。只有这样的"阵容"，就不必推出这一辑"画家
散文"也。错字也蛮多的，大概人手不足，校对不过来吧？

　　谢谢《书城》，你看过才寄我，不在乎哪一月，我只是想多了
解大陆的情况（文坛）而已。

北京新女作家九丹，出了《乌鸦》及《女人床》二书（港版没删，大陆版则删去性描写一部分）。方便请买寄我（港版），大陆不断有少女写的大胆文学，真是商业挂帅的奇葩。

中国一边繁荣，一边腐化，怎么办？

不多写，即颂

编安（偏安）

世界混乱，我们只求偏安一隅也，奈何！

弟怀硕

26/10/02

(11)

古剑兄：

管执中兄对你说过何怀硕是要吃冷猪肉的。这里"要"字表示"他自己的欲望"；若换成"会"字，便表示"客观的必然性"。

其实，不管其人是"要"或"不要"，后来历史客观结果如何，并不是其人"要"则"会"，其人"不要"则"不会"。

老管的意思是怎样，无从知道了。

但我一生的努力，并没有刻意"要"，只是我向最高理想标准去努力，未来如何评价，并不急切。但知如果达到真的上乘，历史埋没不了；若未达上乘，不论如何刻意"铺排"都白费力气。因为一个人在某方面的成就，并不是你"要"便可以"有"，而是真有，便有了。

我觉得人的成就：（1）天秉，（2）不懈的努力之外，还有（3）"性格"与"对事情理解是否正确"这两个因素（合起来共四因素）。"性格"表现在：是否见异思迁？能不能坚持到底？能不能一以贯之？是否太随便，太懒散……

"理解"表现在：什么才是"真成就"，真的"上乘"？像吴冠中把东西生硬拼合，以为"正确"，他以为"敢想敢干"便是魄力，注定肤浅、简陋与速成，未来必被降格。

黄永玉的嚣张狂妄与不认真，爱排头，贪财好货，爱虚荣，将来也必大大降价（他的成就还只有《阿诗玛》木刻那些确实上乘，后来他发疯了，以为老子是大师，乱画都值钱）。这是"性格"的因素。吴冠中性格比较纯朴，坏在"理解"。

我不展不卖你反而感意外，反而说我放弃坚持——我才感到意外！你的"理解"出了问题。

你说在世知名度不响或不持续，死后就占不到有利地位，我的理解正相反。

历史上的例子与你所言也正相反。

我坚信凡真有成就，不因一时被埋没或不多活动，知名度不高而影响历史评价。

任伯年、齐、黄、林、傅等等与梵谷、席勒等当年并不显赫。

今天的赵无极、安迪·沃荷①、波拉克等人，我坚信五十年、一百年后不会评价很高，当代的张晓刚、岳敏君、徐冰、曾梵志……将来也是泡沫而已，目前已开始泡沫了。

我不熟悉画展，过去如此，现在更甚。因为我认为挤在许多"新潮"中去争名气，不屑为，但我并不是不画画，不发表。我打算未来把最佳作品出大画册，而不展览，文章则以写二三本传世的书为目标，而不写报刊文章了。

如果世界文化没有另一波革命性的"文艺复兴"，世界上真正好的艺术便不会出头，要留待更远的后世；如果未来一百年世界毁了，人类也在浩劫中回到洪荒了，那么人类已将近消亡，数千年的努力都如玛雅文明，也如恐龙之绝灭。如果人类不死，总有回头重新检讨、评判之日。

---

① 大陆地区通译为安迪·沃霍尔（Andy Warhol）。——编者注

我对今日的全球商业化之失望与厌恶，所以差不多只寄身于浊世，自求多福，努力做我自己认为有价值的工作，不问世事，不参与，正是"坚持"，你反说是"放弃坚持"，所以我很意外。

我的藏品，许礼平邀一准备筹备美术馆的"大款"来见我，我想我渐老了，趁此时头脑清楚，尚有力气，把所藏交美术馆也是很好的"归宿"，所以全部让出。哪知许礼平与那位"包铭山"两人设局骗我，东西一到手便拿去拍卖赚大钱，令人痛心，半生心血变成"市场商品"四散，只图利了投机客，岂我所料及？与许礼平相识二三十年，朋友也竟不可信靠，这就是商业化社会把"人变成鬼"的证明。

幸好我还是得到一笔款项，他们则大捞一笔，行为与诈骗无异，只是"斯文诈骗"。我一向相信朋友，尤其是颇有文墨之人，哪知今日人心贪利忘义至此，也只能长叹一声。我写了一长函给许礼平斥其诈骗。我看破世间得失，一笑了之。

我自 Hugh Moss 不做经纪人回英伦（1997 年香港换旗之时），我十多年已不卖画。不是因为有了老本才不卖画，你对这要弄清楚，1997 年中国书画还不值钱，我有大学教授退休金与以前的存款，本来生活就无虞。我过的日子又清淡简朴，也用不了多少钱。虚荣、奢华、摆派头为我素来所鄙弃。

我的长处在品位不随时俗，较有远见，许多人鼠目寸光，随俗浮沉，没有主见。

读书使我从无知愚昧中超升，我一向不依附时流俗见，我之推崇傅抱石及黄、李、林等人，皆因我有识见。在 50 年代有几人会推崇这些大师？

怀硕

5/7/10

我们若能再活五十年、一百年，便可知我所判断皆正确，可惜人生苦短。

我未来的画册、著述都会留下时代的见证，证明我的远见与品味正在今日的庸俗与盲目的潮流中鹤立鸡群，我今日的工作态度与人生路向与对未来的看法是对的。

我 2002 年在你的《文学世纪》写了一篇《我拒绝并批判我的时代》（刊 11 月号），你大概忽略了，那是当代"稀少的声音"，只有我才会写这种文章。

我还大量买书，5 月 18—27 日去杭州中国美院讲学时买了五大箱书寄一个月收到了。我在台北可买到大量大陆出版的译、著，读得更广，书籍是我的至宝，人在现实的"囚笼"中，因为有书而眼光远大，心胸开阔。

你以球赛、TV 等"消磨时间"，我则视时间如至宝，每天忙不完。工作只恨时间太少，"消磨时间"才是最大的奢侈！

上月我英国经纪人的太太来电话告诉我曾见一拍卖会，我一张小品（大概此信纸的两倍）拍了十几万港币（是收藏家拿去拍，我一向拒绝卷入商业中，从不送拍，也不去看拍，也不开心）。可见世上总有人有眼，不必担心。

许多画家比商人更下流，比政客更无耻，过去如此，今日又甚。胡永凯当年穷，我帮他，后来看到他的画越来越低级，一副"卖钱相"，便知帮他忙是多余的。他就是今日的商品画家，我不展不卖，就是保持一点清白，因为把艺术拿去当商品，太卑污了。

不觉得长了，七页，此信我自影印，也是"历史文件"矣！

管执中书信两则

（1）

古剑兄：

虽然不常联系，可是常惦念着你。我同怀硕前两次聊天都聊到你。真盼你能在最近期内来台小聚。

我都五十有六，快六十岁的人了，还要上班，真是人间惨事！天下再没有比"为了活命"而工作更令人乏味。可是不干又不行。你说我一天只编一条新闻，应该知足，我也这么想过，但问题是，这种工作对我实在是没有意义。天下还有比做"工具人"更悲哀的吗？你虽然比我忙些，也只是五十步和百步的问题。你说对还是不对？

谢谢你好意为我介绍作品，但我想先向你推介一位年轻而杰出的水墨画家李萧锟。此人不好名利，对艺术十分忠诚，作品保证在水准之上，书法、金石也属上乘，假如你接纳我的意见，我可以照着你的意思来写他。如果不便接纳拙见，当然是没有关系。

台湾的画坛，十分混乱，大家胡搞，简直到了目无大众的嚣张程度。最近在市立美术馆展出的"中华民国水墨抽象展"，更突显出了这种情况。可是大家都怕得罪"名家"避而不谈。我却认为已经到了非得站出来说几句话不可的时候了，所以在12月号的《文星》上写了一篇题为《真理的走形，真形的曲影》的文字，如果用字遣词嫌重，也是他们咎由自取。影印一份给你过目，你比较客观，很希望能听听你的意见。

想办法来聚一聚吧，让我好好给你作一次向导。

祝你

健而乐

执中　上

（19）86.12.6

（2）

古剑老弟：

说的对，我在《文星》上发表的那篇文字，会引起"全世界"的痛恨。其实，我在落笔之前，就已经想到后果。可是为了保卫艺术良心，我不得不如此。我并不在乎他们做什么样的反应，也不认为他们有能力做正面的反击，因为他们实在非常虚弱。文中用字遣词也许嫌重了些，但他们如此亵渎艺术，也是罪有应得。

你担心我得罪了他们，将会对我的今后展览活动造成不利影响，非常感谢你的关切。但他们并没有这么大的能耐，再说，一些不像样的联展我根本拒绝参展（美术馆四次，历史博物馆两次邀展，我都婉言拒绝）。五六年来，我的展览活动，多半是在国外，我压根儿就不想跟没有批评、没有是非、没有秩序的国内画坛穷搅和。用心画好画，才最重要。自己在追求什么？自己作品水准如何，自己心里有数。

老弟，我现在走的这条路，寂寞、艰苦而漫长，但我完全明白我自己在做什么，所以我对自己充满信心。不论是否成家，单就整个创作过程而言也是充实而有意义的。时常困扰我的，不是世俗的得失，而是我在创作过程中所遇到的一些关于思想和形式问题的关卡。

作为一个现实社会中的人，无可奈何地要向一些"不以为然"的事妥协，能够守得住的原则已经不多了。如果连这最后一道原则防线（对我而言，它就是艺术）都不去守，就未免太对不起自己了。所以我绝对忠于艺术，必要时，我就向假艺术挑战。这绝对不是我向你唱高调，我会证明给你看。而事实上，我已经一直是持着这绝望态度的，只是你远在香港，不知道罢了。

我一直认为，艺术是一种英雄事业，不是搞群众运动。跟政治挂钩，跟富商搭线，向世俗献媚，固然能够受宠于当时，但绝对不会长久。

我宁可一生默默无闻，受穷受苦，也要死守着我对艺术的基本信念。

你不能来台，真遗憾！哪天来了，我要好好给你"引导引导"。

我决定把部分近作，印成明信片，等印妥后寄一套（其实只印了四幅）给你隔海批评批评。

　祝

快乐

执中　上
（19）86.12.20

楚戈书信五则

(1)

古剑兄：

在香港开画展，主要目的就是想交像你这样的朋友，古人以文会友，我以画会友而已。

我较少措意于诗，诗是我早年抒发情感的媒介，画则是我一直思索和试探的世界。

对于台北的画坛，我想推荐两位朋友为你撰稿。一位是研现代水墨的管执中兄，一位是抽象画家李锡奇。我已和他们谈过。目前台北写现代诗的朋友正在推行一个"视觉诗"运动，预计在十二月推出"中意（意大利）视觉诗展"，并有两场诗剧演出，一次"偶发性视觉诗创作"（长卷，由诗人以色彩和形象来作画），一场"诗人吟唱会"，大概会有几位演员参加。如果你那里容许诗人乱搞，全部资料可在你那里发表。又如你有办法主办这次活动，也可移到香港来耍宝一番。结束后我计划明年移到韩国去展出或演出，最后才到意大利——但在意国，恐怕只能展出"视觉诗"（图画）了。

和我做朋友，要请你包涵一点。我疏懒、无礼，又不爱写信，非要深交才能得朋友的宽容。有事请和大业的张应流联系，应流和我甚为投契，一如兄弟一般。因他非常爱护我，又能不计小过，使我引为知己。

国松的画何时介绍呢？请示知，我手边没有他的幻灯片，不过可以凭印象写就是了。

我会为你介绍一位写乡土的朋友。

祝

近安

弟楚戈　迟复乞谅

11.6.（19）84

（2）

古剑：

一切遵照你的计划办理。

但目前事情太多，加写两篇便成问题，更何况弟写作一向随性所至，极少为写作而写作，退休后我有可能做一专业作家则另当别论。我有些评论是用散文方式写的，一写管执中，一写孙超，看是否可选入。另外在旧作《视觉生活》（商务人人文库）中，页65《纯真的世界》写儿童画及我女儿阿宝（附寄阿宝照片一张）页133之《王者之舞》，似乎也可选入。此书张应流处有，可向他索取一本。书名可取"母亲的手"，你以为如何？

我家是白水、关北，简历应如此写。版税也不一定全寄，一半可存于兄处，等其他适当日子再寄较妥。

我可能尽补寄一画给《良友》。正和怀硕餐叙，勿念。

一切谢谢。现在方知古家人古有"古道"又各具"热肠"，和吾兄同宗也。

楚戈

7/1，（19）86

（3）

古剑：

一切遵照你的意见办理，写"我"的文章甚多，以古月所写较生动。"散文"集上许世旭之序亦不错……皆可附于文后，以凑篇幅。

我正赶制插图。原则上插图都附有几句话。

封面可否用拙作水墨画，请示知。也可告知来港之友人。

刊在《良友》之彩色分色胶片，《良友》是否保留，若不保留，可否借给弟印在近著《审美生活》（尔雅出版，正校对）中，想商借李锡奇、刘国松、张大千、赵无极者，但版本大小，为《再生火鸟》同型。过大不能用。用完归还，若不方便，就算了。想为尔雅省钱而已。

带来之画为旧作新题，近来搬家无心作画也。

已与怀硕见面，甚感吾兄热忱，今后弟尽量不和他在文字上冲突。一有机会，便推荐他多为社会艺坛做事。兄可勿念。一切谢谢。祝

编安

弟　楚戈

一九八六．一．廿六

(4)

古剑兄：

上次带来陈永锵的画册，此人的在台北应当可销，但以台币一两万左右为宜。小品则在一万以下。

我母亲正在生病，稿费请寄湖南汨罗县北关宴家冲袁老太太收。

来港上课主要是想接母亲出来，当然以有宿舍的学校为宜，如今母亲生病，则也不必急在一时。能来更好，若找不到学校也不必勉强，来港当可多画一些画也。

书也为我寄回去，请交一本给应流，全交他寄亦可。李锡奇三

原画廊后天开幕，他会写信给你商谈买画的事。

祝好。

楚戈　在仲明兄旅舍

一九八七．九．十七日

(5)

古剑老弟：

收信平安。近年东奔西跑，很少安定。六月日本画展回来，与朋友喝酒中风，在复健中。倒安定了一段时期。

先签寄同意出版授权书，委托代选散文以后再复。

拙文的确是《母亲的手》。《我的母亲》未选入散文集，见者一定不多。写我的母亲多年不知长子音讯，曾三步一跪，朝拜家乡玉池山，求神庇佑她儿子平安。

最近每日早上六时游泳一个半小时，贱躯恢复多了，但已宣布滴酒不沾。年轻时既虚无又吉卜赛，糟蹋身体太多，如今也是自找的报应，也无话可说了。

祝

编安

楚戈

2000/28/11 台北

李毂摩书信八则

(1)

古剑兄：

敬读手稿，想起了我的祖先一两百年前远从福建漳州渡海来台，为生活忙。与你在一起乡音无改的亲切是可以感受到的。

台湾是个美好的乐园（海上）。我自己也深爱着它。下次您来时我带您到另外的地方游山玩水，晚上住山区，别有意境呢。

贵刊是一本极上乘的刊物，拙作能上榜，那是极大的荣幸。

我觉得由您的角度来写介绍，应该更具意义。因为在台湾写的人已不少，内容大同小异。如果由您来写，可以把游记一并列入，写来一定更生动有致。兄以为然否？

主编的工作相当忙，是可想而知。不过，弟的事情慢慢来没有关系，反正不急。此地正是冬天，我们去的山地再上一点，"合欢山"现在已下了厚厚的雪呢！匆此顺颂
春安

弟毂摩　敬上
一九八六年一月十八日

(2)

古剑兄：

谢谢您每期惠赐《良友》，确实是良友也。

您知道的，弟二十年前便是贵刊之忠实读者，所以现在读起来

也就十分亲切。这大概是我喜欢美术的关系吧。读了"六十年"特刊，只能说是回味无穷。这种高品位的画报，我们对伍总编辑的成就大为敬佩，请代转达我这点敬意吧。谨此并颂

时安

弟毂摩　敬上

（1986）五月五日

（3）

古剑吾兄：

多年来不时想到兄台，只是人在江湖，俗务繁重，未及奉书请益为憾。去年十月随海峡两岸文化交流在北京座谈会，在北京住了一个星期，见到不少文化界人，只是我不善交际，也没有交上几个知音朋友。后来又到上海拜访了吴颐人兄，去了他家。他治印很勤，篆刻功力深，只是大陆无论书画篆刻，都为流派所困，一看便知是大陆作品。他的书也不错，画则平平。他又自视颇高，几次希望在台办展。我以为台湾市场接受程度不高，因大陆作品在台已充满市场，已越来越难出售，所以我无信心办又不敢言明，倒是篆刻可以接洽商店代理看看。

在上海拜访了程十发、刘旦宅等人，住了三天回台。因十一月我台中有个展，未便多住。香港也只转机而已。今年四五月想再去北京一趟。近况如何？

弟摩　敬上

（日期不详）

（4）

剑兄：

远从香港来电，适弟外出，真抱歉。但贵刊于隔两三天后便收到（八月二十九日）并未遗失。八月份介绍君翁，黄君翁看了一定

很高兴。九月份听说介绍小弟拙作，同样我也以高兴的心情在期待着。请分开多寄两本为祈。谢谢。并颂

文安

弟毂摩　敬上

（1986）九月二日

（5）

剑兄：

敬读手翰，谢谢贵刊之刊登。报纸方块之作者当为知心人也，也应该谢谢他。

上次登雾社访曲冰遗址，与我们同去者是南投县政府人员陈江圳先生，司机名记不起。曲冰附近之部落有两族，泰雅族及布浓族。不知您什么时候再来台湾，另外带您去一些地方玩玩。顺颂

文安

弟毂摩　敬上

（1986）九月十五日

又及：曲冰遗址是在台湾的南投县境内，最近在日月潭附近成立台湾高山同胞九族文化村，颇有特色。

（6）

剑兄：

连续两个展出，疲累可见。高雄展成绩还算可以，被订去大约五分之三作品，台北福华画廊展与涂灿琳一起，每人十五件。他被订走四件，我被订走十二件。这几年来总算过得去。也许是往日辛苦的日子过得太长，人也容易知足与知止。

十月初有沈耀初老先生在香港继吴冠中之后在艺术中心展出，

沈与我交情弥深，且是台湾老一辈十大画家之一。过两天我把资料寄给您，请在贵刊发表。谨此并颂

时安

弟毂摩　敬上

（1986）九月二十二日

沈耀初大约在三十年前作品入选全国展时曾在贵刊登过一幅《松石图》。作品目前在台湾非常被看好。我将寄上在"雄狮"刊登过的文章，给您做资料。是原文照刊或略为整理由您找个名字刊出均可。台湾近两年之变化革新，胜过去二三十年。出国人数之多也令外国人难以相信。

（7）

健兄：

拜读来信以及吴颐人先生之法书，甚是感谢。颐人先生之书道，笔笔力透纸背，创作造型又不为古人所拘束。以我这个学画而且是半个写字的人来讲，是合我味道。并在此书一小对联送请吴先生指教。

你离开《良友》之事，已告知沈老耀初。天下事巧者多矣，不用挂心。

沈在香港将得款悉数买机车、电视等等送其在大陆的儿子、孙子，皆大欢喜。

近因家母过世（十一月二十二日）忙了一大阵子，才迟迟奉复，请见谅。

在《东方日报》工作很好吧？匆此

时安

弟毂摩　敬上

（1987）十二月廿三日

(8)

古剑兄：您好。

好久好久没有讯息，一切无从说起。幸好您存有我的老地址，还能收到。我也已搬家到草屯乡下居住，有七百多坪庭园，二三百坪建屋，四面环山，屋后依山，屋前农家耕田阡陌其间，夏天蛙声四起，虫鸟鸣之不辍。年渐大，企图心小，书画自娱，政治早已厌倦。景气因台商往大陆移，掏空台湾，也是时事所趋，过平凡日子也是享乐。

去年十月去福州参加华东六省市画展，遍游厦门及漳、泉两州，大陆进步神速处处可见。今春四月六日至十五日到洛阳赏牡丹。一团二十余人。

到台湾，欢迎到我寒舍小住，促膝畅谈吧。

时安

弟李毂摩　敬上
（2006）二.二十三

珠海已是大都市，房地产应该也贵起来。以后有机会，也想到大陆漳、泉、福州，买个房子，未来子孙的发展应在大陆。又及

邵燕祥书信一则

古剑兄：

我把作为人生实录的《沉船》校样文读了一遍，现寄给你。首先是希望你能在极其繁忙的日夜工作中抽空看看，借以了解我曾经陷入什么样的精神磨盘里，以及我到一九八一年春写作此书时的思想状况（包括它的局限）。

年轻人和未经过国内斗争锻炼的朋友（如我在外面邂逅的），常常不理解以至责备我们这样一代知识分子怎样在例如反右派斗争中及其后来岁月，那么虔诚地自虚。我固然不能代表所有的人，但也可从我身上找到部分回答。一个追求真理的人竟折节屈从于假理。这是什么样的悲剧！我有点怜悯那个二十三四岁的邵燕祥了。

在展示精神线索这方面，我以为这个实录（文献性而非文学性），除了一般阅读外，它有一种社会学档案的价值。

不足之处，是限于体例也限于水平，我不能不基本上采取相应于所陈述的年代的视角、思想和认识水平，不能对当时的种种局限性加以批判（除了少量插入的夹议之外）。不过，具有对当代历史基本了解的人完全可以自己做出结论。

如果能出版的话，找一位朋友（最理想的自然是像王若水先生这样熟悉国情、党性的理论家），站在高层次、历史的层次，写一篇序言性的文字，对我在这里袒露的思想脉络一步步入彀的现象做一高屋建瓴的分析——既从党内斗争党内生活的历史和规律着眼，又从被斗争的主要是知识分子——尤其是自己以为忠于革命的知识分子的思维方式着眼。

你说，不要因为联系出版不成而怨你。我现在只想先请你看看。至于出版，要待你认为有可读性，并有在境外出版的价值后再说。

使你凭空增添一件日程之外的闲事，总感抱歉。不过披阅此稿，也可聊代晤谈吧。

握手

燕祥

九二年三月十二日

（附记：邵燕祥80年代对自己前半生的经历和思想做了深入的剖析和书写，"反右"时期写了《沉船》，"文革"阶段写了《人生败笔》，它们不全是文学性的书写而是具有文献性的历史见证。还有一本书《找灵魂》，可与上二书并为一个系列，筛选了20世纪40年代至20世纪70年代发表或未发表的文章，以编年形式辑为一书，意在显现前段的找灵魂与后来的丢灵魂的过程，即走入毛泽东时代又走出毛泽东时代的实证。）

戴厚英书信二则

(1)

辜健同学：

确实感到惊愕，怎么也想不出你的模样来。不是贵人多忘——从来不曾"贵"过——一未入党，二未当官，三未发财，实在是"穷"字所致。穷途，正所走过的路太多，认识的人也太多，记忆自然就不够用了。这你是可以原谅的。

如果你了解我这十几年或者二十几年的经历，你就不会对我今天的思想感到惊愕。

如果你了解我的性格，你就不会把我和沈鸿鑫①之流相提并论。对于这位校友，我则是一直熟悉的，但从来不曾感到自己与他丝毫相似之处。因我无熏心之利欲，也无奴颜媚骨，更无钻营之术。然而，我更不认为，中国的历史不是沈鸿鑫之类造就的。所以对他倒也无大厌恶之感。

谢谢你的祝贺。但我要对你说，成为小说家对我来说并不是一件可喜的事。如果我能重新获得我失去的一切，我是宁可平平庸庸地过一辈子的。别人写作用智慧，我则用心血。

很对不起，我现在不能寄书给你。手头一本也没有了。已印了二次，十七万多册，很快就要销售一空。加上从上月中旬起上海二报对它展开"讨论"，就更是一本也买不到了。广东花城出版社拟

---

① 与我同届不同班，"文革"时颇活跃。——古按

印第三次，是否能成，还要看。如能成，就给你寄一本去。

我毕业后分配在上海作家协会文学研究所。七九年才调至复旦大学分校（在上海虹口区，文科）中文系教文艺理论。今天暑假后没课，便到广州来了，计划在这里住一年，任务是：（1）改编《人啊，人！》为电影剧本；（2）写第三部长篇；（3）给暨大讲点课。不料刚刚开始工作，就生了肝炎，住进医院来了，也是运交华盖的缘故吧？当务之急自然是养病。

你如到大陆来，可以到广州来见见。到了出版社就能找到我。说到文坛状况，老苏的两句词颇合适——"月有阴晴圆缺，人有悲欢离合"，至于"今昔是何年"？则可说"乍寒乍暖天气，最难将息"了。但毕竟与以往不同了。

我大概还有十来天就出院了。出院后需找一地方疗养。到哪里去，还没定。这个月内不会离开广州吧。今年年内则不可能回上海。

病中，已经写得太多了。再见！

戴厚英

81.11.13 于病床上

（2）

辜健同学：

来信收到。这么久不写信，因为忙。孩子从上海来度假，占去了二十天。为了补偿，我不停地写了二十多天。长篇还不曾动手，只是为了应付差事而写了几个中短篇。完稿以后就病，彦火来时，我正在病中，至今也未见全好。所以，过几天我要到增城去休养一段时间，待身体恢复，再写长篇。朋友们说我"玩命"，实在累。但是兴趣所在，不写也要生病的。

为了完成长篇，近几个月不会回上海的。一回去，各种工作就会找上来，写作就要中断。

我还不承认自己已经成功。好在我现在追求的还只是倾吐胸臆的幸福。成败在所不计，也难以由自己做主。千秋功罪，自有后人评说。我只想对得起自己的良心。

寄去《人啊，人!》一本，仍然是初版第三次印刷。正在印第四次，总数到 30 万册了。希望听到你的批评。

欢迎你回到内地来观光。祖国在变。海内外的中国人都应为此而感到欣慰。

《诗人之死》已由福建人民出版社印刷了。大约不久可出书。为此书的出版，我打了三年的笔墨官司。就中曲折，难以尽言。书出来，就是好事。

祝好!

顾城书信二则

您的文章抒张自如，我极同意您关于才能和形式的论点。《人行道》真写出了现代的无可奈何。

我父亲①很喜欢您的文章，真正是自己的看法，并有很自然的综合力。

(1)

古剑先生：您好

信收，占卜书的疑问看来只有靠占卜来解决了，一般对这种书能收到都应表示意外。

稿费有无并无大妨，诗本来就是灵魂的事，我主要想能明确地告诉吴思敬。诗要有处要，只要不是政治过分的，你都可代我转交。叶辉的《大拇指》都收到了，他的诗很有味。我已给了他一些诗，不知收到没有。谢谢了。

李黎已知他文章在《读者良友》发表。

谢烨是我爱人，现年二十六岁，是上海飞乐电声厂工人，已在国内发表过六十几首诗、散文、译诗。她和我是在火车上相遇的，像一个小说。

下次我印点照片给您。

我喜欢您写的东西，你的心很认真，虽然认真是那么难。愿更多地读到您的作品。

---

① 指诗人顾工。——古按

好，再谈，晚安

顾城

（1983）七月二十一日

（2）

古剑兄：

长信收到，复晚了，很对不起。主要是想附点稿子给《诗与评论》，而我妈又忙，只有她能写繁体字，便一拖又拖。

关于传统问题。有些人制造了错觉，从我个人来说，我是决心搞东方艺术的，我喜欢老子、青铜器、屈原。我对过去和未来未知的美比对政治有兴趣得多。我对与自然共融的无我之境非常神往。我喜欢日本的川端康成，从天与空中生出的大千世界，才是我理想中的天国，我觉得了解世界和这些理想并不矛盾，有些是相辅的，有些是相反的，总之是相成的。尽得天下之道而无道，乃为天道，无法之法，乃为至法。至于是否"现代"并不很重要，重要全新地显示我的血液中的那个世界。

请代向余光中先生致意，我借读过他的诗与译作。我们材料很少，我们很希望有交流的机会。

我少时读书少，现代派确没读过。好在也没上学，尽可师造化，以直觉为诗。七八年后读了一些，思路大开。现代心理学和古代玄学、气功、苦行我都喜欢。只要不俗，凌于尘世。

国内《青春》今年七、八期连载我的自传，不知香港可否看见。李连华、吴思敬我已通知，不知是否收到了他们的信（简历）。

王修龄先生来，请先通知，我好准备一些诗稿、材料。近日我要去上海一趟，信寄北京仍可转收到，丢失毕竟是偶然的（我把两本精选的打印集，放在这个通讯处）。

谋生确是个烦人的事，古来人大体是心高命薄，人的物质性和局限性，往往决定了他那种神圣的悲剧。

《诗与评论》的稿约我已转告北岛，江河去了天津，一时没找见。我们希望有一个窗口和世界交谈。我们希望诗能更显示本身的价值，而不仅是应一股什么潮流。

愿你再有机会来京沪畅谈。

好，祝顺利

顾城

八三.七.二十六

香港有个"英文译丛"可能要翻我一些诗。这回寄上的诗稿未发表过。

梁漱溟书信一则

古剑先生大鉴：

　　今从友人手中得见贵公司近月出版的《良友》画报，封面为鄙人头像，内中刊有访问记，并附有照片多帧，编排印刷极为精美，令人爱不释手。因国内无出售，故致函先生，如蒙惠一二册以为纪念，将不胜感谢。专此，顺颂

编安！

梁漱溟①

八月廿一日

---

①　钤朱文"梁漱溟印"。——古按

许杰书信四则

(1)

辜健同学：

你五月三日的信及附来的复印件我已收到。前些时候，蛰存先生转来你及痖弦先生约稿的好意，我也有过答复。我是心愿写点什么，让隔绝了四十年的海峡彼岸的故人，了解一点消息，通一通久隔的感情的。只是我的年龄，已经不算太少，回忆的往事，也不一定都回忆得起来，而且也不一定就回忆得确切。同时，回忆的，也有回忆者的主体，就有了主体的感情——我在回忆，我就有自己的感情和思想。其实我想起来的，不只是"一则以喜，一则以惧"。我还想起中国的统一，想起大陆与台湾的文学发展的前途。台湾已经比大陆走向世界，不管是文学发展的成就，或是精神文明与物质文明方面，都比大陆方面先走一路。我是希望这前途的发展，走向世界发展的通路，不会很远的。

我的这篇通信，首先就算交稿。请你转给痖弦先生，要他指正。你以后来信，请直寄"上海枣阳路师大二村十号"即可。专此，即颂

敬礼

许杰

八八年六月十二日

(2)

辜健同学：

　　你一月二日来信，及附来"联合副刊"已收到。在这以前，我已收到台湾胞妹剪寄来的这一天的报纸，所以我也知道我前寄去的文章，他们已经发表了。这也要谢谢你中间的周转和帮助。这一次，你转寄来的油印约稿信，我也收到的。我曾寄去几百字的短文，就直接寄台湾了。不知他们刊用否？但这事也要告知你知道。你信中谈到稿费如何处理，如果他们转到香港，不管是港币、台币或人民币，我都无所谓的。你说呢？专此，即致

敬礼！并祝新年安吉

　　　　　　　　　　　　　　　　　　　　　　　　许杰

　　　　　　　　　　　　　　　　　　　　　　　89. 1. 14

(3)

辜健同学：

　　来信已收到。附来舍妹给联副主编的信己看过，舍妹从台湾来信，亦曾谈起写信给副刊主编及主编复信的事，当然在台湾对大陆开放的门不大的时候，我要赴台还是困难的。你知道另外什么办法否？你工作很忙，为台湾大陆转信，应该说，这是对于国家的统一工作，贡献出你可能贡献的力量的呢！你说有一千二百元港币的稿费，我当托人持我的字据向你领取，你放着，请勿急。毕竟这次的隔海拜年的短文，可能还有几文，等将来一并领取吧！痖弦先生，当然是笔名，我不知他的真姓名，也不知过去我和他有没打过交通。前些日子，我要寄他一信，内附有托他转交他们《联合报》总经理的信，不知他收到否？以朋友情分的关系，我想趁我还能走得动的时候，去台湾旅游一次，当然名义上是看望胞妹。你看可以托

托什么人的力量没有？专此，即问

近安！

许杰

89.2.10

（4）

辜健同学：

你通知我《联合报》寄来稿费 1200 元信，早已收到。同时也收到你转寄的舍妹致联副编辑先生的信。看了我胞妹寄编辑先生的信，你不觉得情词恳切吗，她是在向有关亲朋呼救呢！当然，痖弦先生没有办法，是在情理之中的。但是我要托你，你在台湾方面或者有什么单位、机关或相识可以拜托，请你想想办法呢。我的知名度，自然不及巴金先生高。但如果有什么学术团体，或社会有一定地位的某先生出名，用邀请我去台湾讲学或旅游观光名义，你看是否可以呢？胞妹在台所能提的理由是奔丧或探病，当然是不合适的。总之，在今日台湾对大陆亲人前往探亲或旅游之门开得不大的时候，若我这样的老年人恐怕还是比较难的。但是，问题也在这里，我今年已八十九岁，如果不趁现在还能走得动的时候去一次台湾，一面探视亲友，一面作一次旅游之外，过此之后，这机会就不一定会再有的。因此，我就写这信给你，是否可以请你就你的能力所及的范围内，给帮一些忙呢？很希望你能给我一个回信。另外，与这信同时寄出的，我托我在港亲戚，持我的手字向你前来领取联副寄来的稿费。请看字转交她。拜托。

祝好！

许杰

89.2.20

贾植芳书信八则

(1)

古剑先生：

前曾邮奉上载有《文坛悲歌——胡风集团冤案始末》（李辉著）的《百花洲》一册，想达尊览。此文在国内知识界反应甚大，并已由人民日报出版社印行单行本。作者系我的学生，他愿意了解此文在港地影响及议论，盼便中能惠赐一二，是感。我前写了一关于邵洵美的回忆文，他是三十年代唯美派诗人，也是一位出版家和著名编辑，多年来也被遗忘，但海外对他留有记忆的，恐仍不乏人。为此，寄您复印稿一份，如方便，盼能介绍在港地发表，也为收集中国现代文学史料的学者，增加一些数据积累。

前寄《联合报》的记覃子豪一文，不知该报刊登过否？内地难于看到此类报刊，如已刊出，盼能寄我一份，以留纪念耳。端此奉候并颂

撰安

贾植芳

79①.4.27. 上海

---

① 此年份应有误，1979 年本人尚未到《良友》工作，是 1984 年到任；香港版《文坛悲歌》于 1989 年 7 月出版。"79"或"89"之笔误。——古按

(2)

古剑先生：

惠函及承寄赠的《良友》画报都拜读好久了，因事杂多病，一直稽复，实在抱歉，想知我当能谅我也。

我首先祝贺《良友》在港的复刊，三十年代，当我还是一个青年学生的时候，我就是她的一个忠实的读者。这次复刊的《良友》，不仅保持了原有的风格，使人一见，真有如遇故旧之感，而且随着时日的前进，从内容上说，又有所开拓与更新，使人又有耳目一新之享。这些都应该是您们诸位编者先生辛勤耕耘的结果，我们为一个读者，向您们谨致谢忱！

承师陀先生推荐，由我执笔为贵刊写一篇关于他的散记，我感到莫大的高兴。我为此给师陀先生打过招呼，希望能找个机会先聊聊，也因事杂，久久未能如愿相见，这也是我迟复您的原因。但我总要实现这个诺言，不妨先向您提个保证。

前日收到胡风先生孩子电告，胡先生已不幸于本月病逝，我为此将于日内赴京，希图和他再见一面——和他的遗体告别。我们相交有半世纪，也可称为患难之交，我为了纪念这位挚友的逝世，表示我深深的悼念之情，我想毛遂自荐，先于贵刊写一篇关于胡风的回忆散记，文成后，当奉上请斧正。

我顷接香港中文大学 John Deeney 先生请于九月初间到港，参加在该校召开的比较文学讨论会，如能按期来港，当前趋奉候请教。

匆匆作复，顺颂
撰安

贾植芳

85.6.11

我的通讯处（住址）：（略）

（3）

古剑先生：

　　来信及复印的拙稿早已收到。在港时蒙您解囊，以私蓄权当作垫支稿酬助我，尤深感激。惜乎我在港时间匆促，未能得机畅谈，实在遗憾，这只有期之来日了。

　　我回沪后，由于忙于处理手头堆积的杂务，一时无从修补有关回忆胡风先生的文稿，迟延之罪，望能见宥是幸！

　　现在航快寄上修补后的拙作，请您审阅。我只是信笔抒写事实，容或有支蔓冗长之处，请大力斧正；如认为需要删节之处，可酌量删节，但以能基本保持原稿内容要求为准。如付排后能寄一份清样一阅，尤所欢迎。

　　端此布陈，敬候覆示。顺颂

编安

贾植芳

1985 年 12 月 1 日，上海

（4）

古剑先生：

　　手示早悉。昨日陈思和先生从香港归来，谈到您热情地支持大陆作者为痖弦先生主办的《联合报》撰文事，十分高兴和感动。由于上海今年高温，气候闷热，简直无从执笔，加以我又忙于研究生的毕业和招生问题，所以为痖弦先生的副刊撰文事，一再拖延，不能早日复命，实在抱歉！

　　关于我与胡风先生的交往，前此我除过为你主持的《良友》画报时写过文章外，后来又为国内刊物写过同类文章，现在再炒冷饭，似乎没有必要。为此我计划为痖弦先生写一篇关于我老友诗人覃子豪的回忆纪念文章。因为据我所知，痖弦先生和覃子豪也是诗友，我和子豪相识于三十年代之北平，后又在日本东京相处一年多，四十年代中期又在上海相遇，也共同生活了一个时期，似有不少东西好写。现在正在执笔，一俟终篇，当奉上求教再请您转致痖弦先生。

月前国内又兴起武侠等类通俗小说热，我早日应一家出版社之约，为他们重新印行的武侠小说大家还珠楼主的作品写了一篇当作序言的记叙文章，想抄寄一份先给你寄过去过目，如痖弦先生对这个题目有兴趣，就请他先用这篇。因为我听陈思和先生说，你代他约请的内地作家已大部分交卷，此文或可作应景应急之用；迨到写好关于覃子豪的文章后再正式还债。如痖弦先生不用此文，就请您加以处理，或在您主持的《东方日报》刊出也行。

我今年四月访港，因时间短促，不及与您相晤叙谈，迄今犹觉怅惘，好在来日方长，后会终竟有期也。

夏日多厉，还请多加保重。痖弦先生处，还请您先代为致意和致谢。

匆此并颂

撰安

贾植芳

1988 年 8 月 9 日上海

(5)

古剑先生：

久未奉候，值此 1989 年新年即将莅临之际，先向您拜个早年，祝你新年快乐、生活幸福、身体健康！

我此前接到一册《博益月刊》，得悉我那篇小文《记还珠楼主》，由于您的绍介，已由该刊登出，十分感谢！该稿的稿酬，如已领到，请暂存您处，将来再托人带沪。

前信说，我将为台北《联合报》痖弦先生约稿，着手写回忆覃子豪一文，现已定稿，兹由邮局挂号奉上，请您先审阅一下，看是否合乎《联合报》需要；如果不便转寄痖弦先生，请你在港地找个地方登出也可。总之，请你裁决。

先生为大陆与港台文化交流牵线搭桥，不辞辛苦，其功绩不仅为两岸文化界同仁所称道与感激，也将作为文苑美谈，受到文学史家的注目，传为千秋佳话也。

端此奉陈顺颂

撰安

贾植芳

1988 年 12 月 14 日，上海

(6)

古剑先生：

新年好！

谢天振先生今天自港归来，说是从您那里知道，拙文《忆覃子豪》，台北《联合报》因其篇幅过长，不适于报刊篇幅，将删节发表，经谢先生与您商量，承您的盛情，终应该文原文同时在港刊物发表。现遵嘱寄上拙文《忆诗人覃子豪》复印件（内容稍作调整）一份，请能大力推荐，与香港读者能有见面机会才好！

阅今天《文汇报》广告，欣悉《文汇月刊》本期将转载先生散文一篇，同时发表邵燕祥的评文，这也反映了大陆与香港的文化交流已日益显现出正常景象，真令人欢喜。

端此奉托，顺颂

笔健！

贾植芳

89 年 1 月 25 日，上海

（7）

古剑先生：

新年好！收来信，敬悉一切。谢先生因在港时间匆促，他因不及和您见面，已直接从黄子程先生处代我领来稿酬，请你放心，并再次谢谢你推荐之忱。

《文汇月刊》介绍您的散文的文章是邵燕祥先生所写，他原系诗人，近年来以杂文著称。您如尚未看到，请示知，以便奉寄一册存念。

关于"胡风集团"冤案的报告文学，已在江西出版的大型文艺刊物《百花洲》全文发表。接来信后，我当即给该志编者写信索取一册，今日书寄到，现由邮奉上。文中关于我的一些具体事例，有些手误，我做了一些改正。作者近来信说，单行本将于三月中旬在北京出书，因为这个内地刊物，一般城市很难买到，书籍的发行面要宽些。

我那篇谈覃子豪的回忆文，《联合报》如刊出后，请能惠寄一份，因为在上海很难看到。该报的大陆作家拜年特辑，大陆报纸多有报道转载，受到社会注目和称赞。您为海峡两岸的文化学术交流牵线搭桥，将作为文坛佳话，载诸史册，好心定有好报也。

祝您

佳好！

贾植芳

89.2.16. 上海

（8）

古剑先生：

由于忙乱，好久没给你写信了，想来一切美好，是所祝愿。去年初间，我请您转给台北《联合报》的《忆覃子豪》一文，记得您接到曾来信，该报认为稿子太长，拟择要刊载，此后我又寄给您拙作《忆诗人邵洵美》一文，以后迄未收到手示，未知该二文下落如何，甚为挂念。前些日听北京《团结报》的负责人许宝骙先生说他曾看到《联合报》刊有拙文，但他已记不清刊出月日，为此，希望先生能便中见示该文在《联合报》刊出年、月、日，以便着人在此间图书馆查阅；至于《忆邵洵美》一文，前此曾听作家陈村带口信给我说，您有信给他，说立将该文直接退我，但亦迄未接到退稿，亦不胜悬念。多次打扰您，为您添麻烦，实在感到惶愧，想先生通人，当可见谅也。

我一切如常，乏善可陈，如您有机会来沪，欢迎到小寓作客。

端此顺颂

贾植芳

90.6.7. 上海

丛维熙书信四则

(1)

古剑兄：

细细想想，我们虽然相识已有四五年了，但至今尚未能晤面，实为一件憾事！但愿有一天，能在对酒当歌中会面。你这次来京，匆匆尔过，失去面晤之机，只有将来弥补这个机缘了！

其实，内地作家都没扬笔，只是没有大部头的东西问世，相信不久将来，定会有黄钟大吕之作问鼎于中国文苑。这是无疑义的，我确信。

从众夫妇已于1990年去了美国。他在加州菲尼克斯大学读艺术系研究生，有可能留下来当助教；儿媳在那所大学攻读医学博士后学位。他们将小孙子也带去了，空巢中只留下我们夫妇和年过85高龄的老母亲。他们每月来一封信，打一次电话给家，算是我的最大享受。其余时间，则埋头写作，无昔日杂事干扰，时间还是很充裕的。

接信后，请代我问候"联副"痖弦先生好！问耀明先生及振名先生好！看目前的样子，我们这批作家，出访海外的可能性极小，我亦不想离开故土外出讲学，只想蛰居于家，写写作品。

我身体和精神都好，请勿挂念。

此复并祝

春安！

维熙

九二年二月二日

(2)

古剑兄：

新年贺卡已收到。祝愿你主持的《文学周刊》能办出光彩。

寄上近日的散文一篇，想你一定会很喜欢它。我对散文的看法是，文字要美，并要轻中显重。轻飘飘的是雪，虽然也美，但要去抚摸它时，它已然化了。此类作品，没有时空意义！不知剑兄以为如何？

何日再来北京，请来家小叙。应彦火兄之约，我已然给他寄去了两篇东西，烦剑兄询及一下，文章如和他办的刊物宗旨有距离，亦请拿到《文学周刊》来发表。那两篇文章，都是很不错的！

信短情长，匆匆住笔。

敬祝剑兄在癸酉年

诸事顺利！

维熙

（1993）元月四日于北京

(3)

古剑兄：

《情寄海德堡》一文剪报已妥收。

次日，应台抵京来家作客，已将剪报复印件交给她了。这个女中男子，没有坐出租车，而是骑自行车来看我的，真是与许多台湾文化人不同的侠风！

随信寄上《何以解忧？》和《观录》随笔两则。前者无须多说，你一读便知；后者则夹叙夹议，含蓄多了。但愿老兄能喜欢。

珠海成平女士处，你打了电话没有？前几天，我又给她打了长途电话，她说，你去珠海，她们将出面接待。彦火兄处请代为问候，七月号上发表了我的《文怀沙印象》，剑兄闲时可一读。

　　顺颂

夏祺！

维熙

93.8.4 于北京

（4）

古剑兄：

　　寄上《英儿》。此书我还没有读过，顾城之死本身，已然是一本书了。我还是在波恩，跟他有过一面之缘，那是六年前的事情。八十年代初期，我很喜欢他的诗，这些都是陈年往事了。

　　但愿你在珠海安家之愿，能够实现。那城市比较安静。盼四月份能在珠海斗门相见！余不赘。祝新春快乐

　　狗年大吉！

维熙

94.1.20 北京

陈丹晨书信一则

古剑兄：

接手书和样报，感到意外的欣喜。谢谢你的关心。我听纯钩兄说，《华侨》的兼职你仍继续，那对朋友们实是喜讯，也足见兄的影响，换了老板，也是要倚重阁下的。

从这里的报纸，不大能知道香江情况，且感到有点沉闷；这里给人印象可能还活跃，其实是虚热，文化界少有真正价值的东西。无奈！

随信奉上小书一册，近日刚出版的，敬请兄教正。

稿费尚未收到。便中烦兄过问一下可也。也许过些日子会寄来。过些日子再奉寄稿给你，希望写得好些，有点新意。

再次谢谢。祝

快乐

丹晨

（1994）四月六月晚

柯灵书信十三则

（1）

辜健先生：

施蛰存先生来信，嘱向台湾《联合报》副刊投稿，兹试投一文应命，看是否合用。我手头正忙，无力旁骛，一时也想不出合适的内容。此文原题《我的处女作》，系应《广州青年报》之约而作，现经修改补充，该报读者面窄，估计读者不多。妥否请尊裁。

两岸交流，深合喁喁之望。从政见分歧而致人民分裂，是一大悲剧。痖弦先生此举，实获我心，乞代致意。

遥达心仪。此致

时绥

柯灵

1988.6.20

拙稿如可用，发表后乞见寄该日报纸。通信处：上海复兴西路××号×室

（2）

古剑先生：

接奉手书，既高兴，又惶恐。《联合报》"限时航空信"，实属意外，且滋误会，真是抱歉。梅子事忙，久未通讯，八月下旬得其来信，知稿费早已由先生转去。在此之前约在八月十日左右，台湾

秦贤次来沪，下顾闲话，随口问及《联合报》稿费是否收到，我说还没有得到通知，他说我回去代你问问，我当时赶快郑重告知"千万不要"，说明稿费系由港友代转，辗转需时。《联合报》限时信，估计当是秦先生热心传话所致，遂重劳足下多此周折，虽事出无心，殊令人难以为怀。当去函痖弦先生说明，并希足下亮察为幸。（来信告知将去台北，如见及秦君，当知此事经过）

梅子事冗，弟所深知，相烦极多，感在肺腑而已。先生牵针引线，所赔心力不少。曾函梅子代达谢意，想在鉴中。专此，即候时安

柯灵
（1989）9.12

(3)

古剑兄：

相片收到，谢谢。

以说写得很苦，更以各种干扰，一曝十寒，进度很慢。

怀旧情绪大概是普遍的正常心理，除非是高头骏马、春风得意之辈。近作一小文《乡土情结》，蒙以邑兄投《香港文学》，如发表，请拨冗一读，或有共鸣。

何为现居沪，闭户写作，地址为"陕西南路63弄××号"。祝新年百吉！

柯灵
1991.12.29

(4)

古剑先生：

谢谢惠赠大作，随即读了好几篇，"痴诚"如兄，的确感到高

兴。蛰存、以鬯、何为等等，也都是我的熟人，更感亲切。

照片从未收到，如方便，乞见寄。

你还负责《良友》编务吗？马国亮兄来要文章，最近实在无法写，祈转告原谅，并道念忱。祝

新岁如意！

柯灵

1991.3.4

(5)

古剑先生：

日奉一笺，想达文几。

兹附致痖弦先生一信，并投一稿，仍烦劳神转寄（本拟在沪直接付邮，恐无把握）。此中情怀，想承莫逆，恕不乏谢。稿费省得转手麻烦，请寄梅子代收也好。

台北想已去过，明年尚能回大陆。烦先见示。俾图良觌。

草草即叩

文安

柯灵上

（1992）9.22

但稿如刊出，仍烦费心见寄。

(6)

古剑兄：

谢谢你的新年贺柬，借悉近况，尤感欣慰。

寄小文二，为《文廊》补白。《楣语三题》是三篇书的前记，发表时可分可合，悉听尊便。如可用，刊出后请见寄，因为我无法

看到《华侨日报》。能随时寄些《文廊》以开眼界，不胜期盼。稿如不合用，请掷还，不必客气。祝

新岁百吉，文廊辉煌！

柯灵

1993.1.11

(7)

古剑兄：

《文廊》编得极好。大陆作家稿不少，此种交流极需要。《大公报·文艺》每期寄赠作者（大陆），不知贵报是否能照此办理？如能办到，那就太好了。

拙书发表自无不可，但字写得太拙劣，颇以贻笑大方为虑耳。

十二月曾去新马，五月将有机会来港，倘无意外，当图良觌。

《墨磨人》当检出另寄呈教。（请少俟）

匆上，顺祝

新年如意！

柯灵

（1993）2.12

稿费请以港元见汇。

(8)

古剑兄：

二月来鸿，迟迟未报，老而事繁，手脚迟钝，真无可如何也。

《文廊》各期均收到，兴味盎然。上海作家擅书画者，未闻其人，或因我鄙陋寡闻之故。作家书简，向少收藏，数十年风浪险恶，亦殊不宜耳。

附奉委托书，稿费请梅子代收。梅兄久未通候，颇致萦系，便时乞代道念。

此请

文安

柯灵

93.3.22

(9)

古剑兄：

最近得《华侨日报》汇款 350 元，不知是何稿之酬，颇有叫花子发横财之感。

张乐平逝世一周年，上海正举行他的遗作展览会，我应约写了前言，过于简略，意有未尽，现改写一文，送请补白。并向乐平夫人借得一相片，随陪附奉备用，用毕祈掷还。梅子近况如何？便希道念。祝

文安

柯上

1993.9.27

(10)

古剑兄：

最近去一次台湾，索想过港小驻，看看朋友。但因困难重重，只得作罢。

寄呈拙文二，用否请尊裁。倘刊用，稿费请见汇。阮囊枯涩，已到最低点，卖文之资，不无小补也。

偶读港报，有报馆人员大调整之说。兄近况如何？念念。新岁

在迩，祝

诸凡顺遂，康泰吉祥！

柯上

94．1.23

(11)

古剑兄：

一别经年，弟之碌碌，正如兄同。

我和黄裳的笔墨官司，事实极简单，内在原因，则可以说由于我深鄙其人。他吃梅兰芳的事实就是一例。（不但沽名钓誉，而且借此暗中渔利，还坦然受梅赠款）《文汇报》报史研究组，正为纸报史料征文，而他竟编造事实充史料。现在大陆文坛，说假话的风气盛行，到了肆无忌惮的地步，我骨鲠在喉，《想起梅兰芳》一文，就是为此而作，但笔下留情，只讲事实，也并不点黄裳的名。其结果，是黄裳写了《关于〈钱梅兰芳〉》，已在上海《文汇读书周报》刊出（他寄给你的大概就是此文①），我也写了文章作为回报，也已在同一刊物发表。

《想起梅兰芳》原为文汇报史研究组而作，因久未发刊，今年正好是梅百岁诞辰，就给北京《读书》发表了。我当时确曾考虑是否寄给你，但因事涉黄裳，不愿把这种文字纷争带到香港，因此作罢。按一般论争通例，黄裳对我的辩难，应投北京《读书》，使读者便于明白来龙去脉，而他却在上海开辟"第二战场"，现在又使之蔓延香港，这的确是我始料所不及的。

非常感谢你的友情和周到，否则我吃了闷棍，还蒙在鼓里。现寄上黄裳和我的文章，希望你给我和黄裳同等的发言权。为了使香

---

① 我不记得该文题目了。——古按

港读者明白底细，更希望惠予载《读书》上的《想起梅兰芳》。是否有当，请尊裁，并乞见示。

黄裳之无行，上海文坛可以说尽人皆知。但为他的文名所掩，海外未必了然。黄裳完全是《文汇报》培养出来的，抗战胜利，他滞留重庆，无法东归，正是我介绍他到《文汇报》工作的，至今他还享受《文汇报》离休待遇①，他曾当面说我是他的"恩师"，但他的所作所为，实在使人受不了。我想这一场文字辩难，对读者也许未必无益吧。祝

好！

柯灵上
94.8.25

(12)

古剑兄：

九月四日信奉到。知有清恙，而又须抱病上班，辛苦可知，思之惘惘。

梅文争论，兄处置至为妥善，深佩卓见。我前函就有请求不要介入之意，但不敢冒昧。说实话，我无法了解你当时对此事的想法。《文汇读书周报》半路杀出程咬金，究是何意，我至今未能了然。《想起梅兰芳》一文，可以证明我原无挑起争论的意图，黄裳首先发难，才有这一场笔墨官司。他一开头就把这场官司引到海外，更是我始料所不及。现又寄剪报二种，供了解此事的始末，相信，也可以由此一窥论辩两造为人处世的态度。

文坛风气之坏，真是不堪设想。艾蓓根本算不得作家。现在又

---

① 其中"文汇报离休待"数字，因信纸受损，字不清，乃据前后文及字形猜想所补上。——古按

有顾城之父顾工，是诗人，又是老军人老干部，竟公开出来表态，意谓不是顾城杀了谢烨，而是谢烨杀了顾城，一面正全力争《英儿》的版权。你能设想吗？草草，即祝

愈安

柯灵　上

94.9.12

（13）

古剑兄：

　　昨忽闻《华侨日报》停刊，老树遽折，深为惋惜。兄近况如何？深以为念。便乞我数行。

　　新春在迩，遥祝

吉祥

柯灵　95.1.25

汪曾祺书信十八则

(1)

古剑兄：

　　几次来信均收到，照片亦收到。嘱书张问陶诗写得，寄上。我小时候刻过图章，久已生疏，腕弱不能执刀，且并刻刀亦无一把，因此刻闲章之命不能应承。然如偶有机缘重新操刀，或当为兄一"奏"。但恐难于黄河清耳。北京前日已飘小雪，香港想当仍燠热。曾寄施叔青①书二册并一斗方画水仙，便中问问她收到没有。即候文安！

汪曾祺顿首

（1985）十一月廿三日

(2)

古剑：

　　陈若曦自伯克莱来电话，说台北新地出版社出我的小说集事，她愿作我的代理人，我说我已委托古剑，她说那好，一样。她说新地要我的小传、著作年表、照片和大陆对我的评论。小传及著作年表写了，如上。照片及对我的评论，我已写信给拙荆，请她找出，直接寄给你。各件收到后，请转与郭枫。据陈若曦说，新地将付8％的版税，付美金。你可与郭枫联系，如需订合约，即请你代为

---

①　施叔青，台湾小说家。——古按

签订。我把委托书读给陈若曦听了，她说那样就行了。即候
时安！

汪曾祺

（1987）9 月 7 日

两封信按你的名片所写英文地址寄出，被退回，因美国邮局不
认识 H. K，只得写明 Hong Kong，另寄。

（3）

古剑兄：

前寄二信，一封有我的在台湾版权的委托书，一封有我的小传
和著作年表，不知收到否。新地还要我的照片及大陆对我的评论，
我已写信给拙荆，请她直接寄给你，不知已否见到。

文季社①的《灵与肉》收进我的《黄油烙饼》，给稿费吗？《小
说选》不知何时可出书。如在 12 月中旬以前支付版税，请代为收
存，俟我过港时可以此买些杂物。

我在这里一切甚好。活动不紧张。Iowa② 大概只要讲三次话，
一次是"我的创作生涯"，一次是"美国印象"，还有一次谈风格。
每次只十分钟耳。11 月上旬到纽约、华盛顿。哈佛邀我们演讲。以
后仍回 Iowa。我由原路（芝加哥——东京——香港）回来，或由西
海岸旧金山回来，未定。但一定总会经香港的。12 月中旬可在港
晤面。

前在港提及"世界导游——中国卷"，书名是：NAGEL'S

---

① 　文季社即新地出版社的前身，内收汪曾祺、李准、刘青、牛正寰、张
贤亮小说。——古按

② 　Iowa，爱荷华，安格尔与聂华苓所主持的国际写作计划所在地。——古按

便中望到书店问问。须是最新版本。

录像机要何种规格者，容得拙荆函后再详告。又拙荆要买一胡椒碾子。是一个很小很简单的东西，把整粒胡椒放进去，拧几下即成粉末。我在越南城饭馆中曾见过。如见到，望买一个。

我在 Iowa 的地址如信封上所写。房间里的电话是 319/353 - 1309。我的电话上还没有安长途装置，一时不能给你打电话。

即候

时安！

汪曾祺顿首

（1987）9 月 17 日

（4）

古剑兄：

11/10 信收到。

《寂寞和温暖》目录我看了，可以。你要"做"的就是这一本还是另外一本？如是《汪曾祺短篇小说选》，大部分和这一本重复了，会引起纠纷。我看你就做这一本算了。

许达然给我的合约和你收到的差不多。我在芝加哥遇到许达然，已告诉他"小说选"在台出版事已委托古剑。你在合约上加的内容很好，我无补充。

《晚饭花集》已授权给施叔青。

发在《大公报》上的散文只有十篇左右，不够出一本书。我不想继续给他们写了，因为稿费太低。我明年将编一本散文集，书出，可授权给你。但大陆印刷周期太长，得等一年才能出书。我有一本评论集《晚翠文谈》年内或明年初可出版，也可授权给你。《文谈》出后，即寄给你，你可选择一部分，编一本。

郭枫①延至下月才到 Iowa，此时我将到纽约、波士顿一带去，大概见不着。我和古华都留了信给他，告他如带了我们的书及稿酬来，可交给谭嘉。如果他带了版税来，你的"劳务费"（这是大陆名词）怎样交给你？如果郭枫经过香港，把钱（全部版税及编辑费）交给你，那就省事一些。我在美国不缺钱。

我前次过香港的签证已经失去时效，要在这里通过英国领馆另办。我想问题不大。

《八方》② 稿费先存在你那里。《大公报》还有我的很少一点稿费，得便可向他们要来，一并存在你处。

我大概 12 月 16 日到香港。准备在香港待 4—5 天。

香港金价如何？我可能要给孩子买几条项链。

此候

著安！

汪曾祺

（1987）10 月 28 日

（5）

古剑兄：

郭枫前两天到 Iowa city 来，晤谈两次，不得要领。他给我一份合约的样本，我也没有认真看。反正他没有带钱来，而且也没有说《寂寞与温暖》付多少版税。我说一切你都和古剑谈吧。他说在 12 月 16 日前要到香港一趟（我知道我 12 月 17 日到港），一切事宜，如版税、编辑费等等，你们当面谈吧。如果他付版税，你先收着，等我到港时再交给我。这本书销得不错。10 月出版，到 11 月已销千册。

---

① 新地出版社老板，诗人。——古按
② 《八方》为香港文学丛刊（古苍梧执编）。——古按

我定于 12 月 15 日离 Iowa city，12 月 17 日中午 12 点到香港，西北航空公司（NW）飞机，航班号是 17C。请与潘耀明联系一下，你们谁到机场接我一下。问潘耀明：能否住三联书店的招待所？如三联招待所无房间，你能否和新华社招待所联系一下？我到之前，你能否和香港的熟人如施叔青、林真等人打个招呼？

《联合文学》寄来支票一纸 240＄，是《联文》转载我的六篇小说的转载费。他们还转载了我的《安乐居》，此文的转载费未付，你是否向《联文》要一下？《联文》写信来的是丘彦明。

你可给郭枫一信，让他尽早把《寂寞和温暖》的版税和你的编辑费寄给你。或面交给你。

下月（12 月）初我会寄给写一封信，再度核定我到港日期、航班号。必要时打个长途电话。拨到香港的电话在你家的 51763685 之前要加拨一个什么香港的代号，请告我。

你现在在哪家报纸编副刊？

我老伴托你打听几样"大件""小件"，她已写信给你，收到否？香港的"出国人员购物凭证"到什么机构去领，请打听一下。是凭出国护照就能办吗？

候著安！

汪曾祺

（1987）11 月 24 日

盼复！

（6）

古剑：

我定于 12 月 15 日离爱荷华，经芝加哥、东京，12 月 17 日（当中有一天时差）中午 12 点到香港。西北航空公司飞机，航班号

102Y。一般情况，国际航班不致误点。我已写信给董秀玉、潘耀明，请接一接我，并安排住处。

我老伴让我到香港驰远海外服务公司（干诺道西37号德信大厦八楼）交款订如下货品：

（1）A（1413）号夏普 OV－54065pn 直角平面多制式彩电一部；

（2）A（6402）号夏普 VC－779E 多制式录像机一部；

（3）B（2102）号卡西欧电子琴 CT－620 一架。

她可能已直接写信给你。你得便到德信大厦看看，这些东西有没有。

又她还要买一架电动打字机一架，（1）（2）（3）在香港付款、国内取货。打字机可自己带。——还要一个轻便的变压器。

我在港大概还得购买一些杂物，衣料、小孩玩具之类。

香港现在大概还相当热。Iowa 冷了，已到零下。美国比香港冷得多，我在波士顿时，下了大雪。

郭枫不知何时可到香港。这人的算盘似乎很精。他说他们从未付过编辑费，但我看他和黄德伟的合约，是付编辑费的。这一点你要跟他讲清楚。《灵与肉》选用稿件，也应付稿费。跟他打交道，不必太书生气。

家里让我带几块石英表，这大概是不算大件小件的。你有无相熟的表店？不必很好，三百元左右一块的即可。

国际写作计划已结束，Mayflower 人去楼空，只剩下五个人没有走。我因飞机票不能改，不然我也提前飞了。

相见在即，很高兴。即候

著安！

汪曾祺

（1987）12月2日

(7)

古剑兄：

12月28日函悉。

托友梅①带来洗衣机入水管已妥收，甚合用，极感谢。标价140元，你垫了40元。寄还给你，有些麻烦（我倒是有一点港币）。这样吧，等郭枫版税交到，你扣除，如何？

你为我的书已花了上千元，我很不安。这些费用，我应该负担一部分。你瞧着办，应由我负担若干，亦一并于郭所付款中扣出。不要客气。

郭枫既已明确表示版税将于一月初寄出，似应守信用。今天已是一月十日，不悉有消息否？此项版税想当付美金。如付美金，可由中国银行寄给我。

我觉得你可为所选的一套书和郭枫做一个全面的谈判。

你只是转介大陆作家的集子在台湾出版，"噱头"不大。施叔青在她所选的集子前面加了一篇和作者的对谈作序，较易吸引读者。她比你聪明。我想，为了"抢生意"，你可以采取两法：（1）由作者写一篇以台湾读者为对象的自序，请他们写得长一些，自己介绍创作历程及文学主张；（2）用"与古剑书"的办法，突出"古剑"，内容由作者自便，但亦不外是（1）项中所说的话。总而言之，既要在资本主义世界中搞一点文化传播工作而不致"倒贴"，得想点"招"。

你想出什么"招"，如需我向作家打招呼，请告诉我，我当尽力和他们写信联系。

沙叶新的《假如我是真的》你怎么没有抓住？沙尚有其他剧，

---

① 友梅，邓友梅，小说家。——古按

你可集为一册，请叶新写一长序。

草草不尽，即候著安！

汪曾祺

（1988）一月十日夜

（8）

古剑兄：

1月6日信收到已有几天，我因事忙，未即复，甚歉。

新地版税寄到，此事总算有了着落，甚好。你信上说"他只寄来你的8％版税701美金"，"只寄来"意思不很明确。是只寄来我的版税，别人的未寄到？还是只寄来我的版税，未寄来你应得的编辑费？我不知道你和郭枫最后交涉的结果，是他付我8％，另付你2％编辑费；还是"杭巴朗"付8％，其中包括你的编辑费？如果一共付8％，按台湾惯例，其中应有2％的编辑费（郭有一次给我写信时说及）。如果是第二种情况，请按郭所说"惯例"办理，即你应从版税中扣除2％。公事公办，请不必客气。米珠薪桂，香港居大不易。你为我的事费了很多心力，取此2％当为心安理得。

你应得之数，办律师证书的250元（HK），及你代购水管所垫的钱，请一并扣取。剩下的钱（我不会算账，不知道还有多少），暂存你处，俟有便人到北京时托他带来即可。施叔青五月间要到北京，如果你们的关系还不太恶化，可托她带来。她手里有我在台湾《中国时报》发表的《八千岁》的稿费330美元，她反正到北京会来找我。

你信中说"因为他说第二版时才将稿交给他，所以我没得到他的信息时，稿仍在我手中"，我不明白是什么意思。这里的"稿"指的是什么稿？谁的稿？

你如再编大陆作家的书，应该想点"花样"。施叔青搞了和我的"对谈"以代序，不但书出易销，她单是发表的稿费就不少（"对谈"主要是我的话，稿费却归她得，真聪明）。除了我上次信建议的二法，还可有一办法，请作者写一篇长一点的自传（不是简单的小传）放在前面，或作为附录。

水管极合用，我老伴嘱我谢谢你。

我回京后一切甚好，请释念。即候

文安！

汪曾祺顿首

（1988）1 月 25 日

（9）

古剑兄：

我已见到李锡奇先生①，你托他带来 650 美元及《寂寞与温暖》两册均妥收，请释念。

三友出版社要出我的散文，我很高兴。但散文在大陆销路不佳，香港恐怕也差不多，我怕你们会赔钱的。这里的作家出版社要出我的散文集，早有成约。我最近正在编这本书。他们要求我在 6 月 20 日以前编好，年底出书。这样，把原件寄给你，就办不到了。影印的确费时又费钱。你们如果能等到年底，则我可以重编一下，从容一点，还可收入一些未成书的新作。你看这样好不好？如果你们要得急，则我可尽量搜集一些原件寄来，因为不齐全，字数可能较少。我还是倾向于年底向你们交稿。尊意如何，盼示。

我年轻时写的信都已散失，给黄裳的信是他偶然保留的，无可奉寄。

---

① 李锡奇，台湾版画家。——古按

年轻作家写散文较多且较好的有一个贾平凹，他已编了一本散文自选集给广西漓江出版社，你们如愿出，我可代为联系。宗璞（冯友兰的女儿）散文写得不错。有个女作家韩霭丽近年亦写散文颇多。我可写信问问她们有无在港出书兴趣。

即候

著安！

汪曾祺顿首

（1988）5 月 30 日

我近来写了一些应酬文章（如纪念某人创作生活多少年之类的发言），正经作品不多。《人民文学》发表了四篇《聊斋新义》。沈从文先生逝世后写了两篇悼念文章，一篇已在《人民日报》及海外版发表，另一篇将发《人民文学》。

（10）

古剑兄：

6 月 30 日信昨始收到。

散文集稿已交作家出版社，抄一份目录给你看看。你所谓"我们希望不要重复太多"，是什么意思？"而且一定要有新作"，除非在那本散文集之外，我再写一些。我最近在写"聊斋新义"，得过一阵才能写散文。

《晚翠文谈》另封寄上一本。

我无散文新作，寄一篇旧作《葡萄月令》给你，看能交"博益"塞责否。（随《晚翠文谈》同寄）

我如有新写的散文，即当寄上。

要林斤澜小说事，我当在电话里告诉他。

施叔青 7 月初来北京，你有什么事可托她带口信来。

匆匆，即候文安！

曾祺

（1988）7月8日

作家出版社的《桥边集》说是年底出书，但大陆出版社出书照例是要拖延的。此书如有校样，当尽快寄你一份。

（11）

古剑兄：

你要林斤澜的散文，他昨天交了一篇给我，是在《文艺报》发表过的，看合用否？"藏猫"香港人不会懂，即捉迷藏也。如转载发表，须加一个注。无处可登，请告诉我一声。

我十一月第一星期会到香港来。美国美孚石油公司搞了一个飞马文学奖，今年决定给中国，我是评委之一（另四人是唐达成、刘再复、萧乾、茹志鹃）。飞马奖十月在北京发一次奖，十一月在香港再发一次，无非是扩大影响，给美孚公司做做广告而已。到香港玩几天也好。他们会在食宿方面照顾得很周到的。在香港期间，想可见面。

我的自选集出来了。董秀玉九日要回北京度假，如她回港时行李不多，可托她带一本给你。否则就等十一月面交吧。

我的散文集八月发稿，大概明年才能出书。即候

时安！

汪曾祺顿

（1988）八月五日

（12）

古剑兄：

前函奉悉。你想办作家书画展，热心可佩。但我劝你不要揽这

种吃力不讨好的麻烦事。（1）你估计能征集到多少件字画？水平如何？（2）用什么名义办这次展览？总得有个什么机构出面，用"古剑"个人名义恐怕不行。有什么机构愿承担此事？（3）卖字画，得事先约好买主，你能找到有钱而好风雅的大老板么？（4）很难标价，订高了，没人买；订低了失了作家的身份。（5）得垫出一笔钱。大陆作家倘寄字画，一般不会裱好，如在香港裱，相当贵；场租、服务员，也都得付钱，你能垫得起么？我很怕你会为此事搞得焦头烂额。

当然，你如下决心办，我会支持你，拣较好的字画寄来。

我近况尚可。三星期前得了一次急性胆囊炎，现已无症状，唯体力尚未恢复耳。偶尔写一点散文和短小说，无足观。痖弦约稿，俟有稍可读者，当寄去。即候
文安！

汪曾祺顿首
（1990）5 月 14 日

（13）

古剑兄：

我到杭州去了一趟，你10月1日信昨天才看到，迟复为歉。

《逝水》，即你信中所说的"童年"先寄两篇给你，是从杂志上和书上撕下来的。这组散文尚有《我的祖父祖母》《我的父亲》《我的母亲》《大莲姐姐》《我的小学》《我的初中》。《祖父祖母》《父亲》已发表，因我手中只有一份杂志，须俟复印后寄给你。后四篇尚未发表，发表后亦当寄给你。我觉得这样的散文香港不会爱看。你看着办吧，不合适即不发。

谢谢你送的酒，XO 很贵，我受之有愧。酒放在作协范宝慈那里，前几天才由我女儿取回来。谢谢！

梁凤仪编的集子，我无所谓。随它去吧。

我对你没有任何意见，所以写信少，只是因为太忙，——除了开会、写文章，还要给人写字、画画！即候

时安！

汪曾祺顿首

（1992）10 月 12 日

（14）

古剑兄：

信悉。

我的字画没有卖过钱（以后是否卖钱，再说），从未定过润格。香港作家如愿要我的字画，可通过你来索取，但要你认为索字画者不俗。

《文廊》字写好。可以不用署名。我怕万一刘名要署名，乃署了一个。不用，即可裁去。你要我介绍名作家写刊头，我简直想不出。端木蕻良字写得不错。李準字是"唬人"的，但还算可以。邵燕祥字颇清秀。上海的王小鹰能画画，字不知写得如何。贾平凹字尚可。贵州的何士光的字似还像字。王蒙的字不像个字，但请他写，他会欣然命笔。我觉得此事颇难。一是作家字写得好的很少；二是作家中谁知道刘名是何许人也？凭刘之名，想约大陆作家为之题刊头，恐难。欲通过你约，亦难，因为你认识的"内地"作家而能写字者亦不甚多。我看只有一法，高稿酬。重赏之下，或有勇夫。此事你可商之沙叶新，问他有办法没有。

即候

著安

曾祺顿首

（1992）11 月 5 日

（15）

古剑兄：

《文廊》稿酬支票港币九百元收到。以后稿酬即用此法寄（不必每期寄，可积至一定数目一并寄）。

不拟委托香港亲友代收，那样麻烦。

即候

文安！

汪曾祺

（1993）三月十一日

（16）

古剑：

送你两本书：《散文随笔选集·汪曾祺》和《榆树村杂记》。

字一幅，博一笑。

两组小说：《小姨娘》《忧郁症》《仁慧》，《生前好友》《红旗牌轿车》《狗八蛋》《子孙万代》。后一组可以说是"新笔记体小说"。你可以选用其中的一组，另一组请转《大公报》文学副刊。我觉得前一组好一些。你可不要全部留下，因为我欠《大公报》文债已久，得搪一搪账。

如果全不中意，无妨。

我请舒非通知你。

书、稿各件均由我的儿媳刘阳带来。舒非通知你后，你最好陪她一同去看我的儿媳（她住什么地方，会打电话告舒非的），因为书、稿颇重，还是你这男子汉取为好。

汪曾祺

1993 年 10 月

（17）

古剑兄：

我一月六日晨（7:50）由北京乘飞机往台北，经香港，在香港机场要停留几个小时。我大概不能出机场，你也进不了机场，恐无缘一见。

我曾托舒非买了一架照相机，由她代垫了一笔钱，大概 500 港元左右。《华侨日报》是不是有我一点稿费？如有，近 500 港元，你是否将此项稿费代为偿还舒非？

劳神之处，容当后谢。即候

春安！

汪曾祺顿首
（1994）一月二日

（18）

古剑兄：

久疏问候。

前函敬悉，寄来的 1880 元稿费已收到。你交给舒非的稿费，舒非来信云亦收到。事忙，迟复为歉。我身体尚好，只是年纪大了，精神不如以前，腿脚也不够灵便。现在去开会、赴宴，上下楼梯总会有人来扶我，其实我尚未龙钟如此！

这两年我写散文较多，据有人统计，去年我出版散文达十五万字。去年第四季度忽然连续写了十一个短篇。七十四岁的人还能不断地写，大概还能再活几年。

有合适的稿子，当奉寄。即候

著安！

汪曾祺
（1994）6 月 2 日

蔡其矫书信一则

古剑：

　　九月二十一日来信早已收到。

　　艾老有重新自选诗集的打算，也曾让我代为谋划，但都未专心去实现。时候未到，人都不太积极。

　　诗的语言密度，的确是一个重要问题。要能经受时间和空间的考验，诗只能求质不求量。思想和感情是分不开的，首先是思想必须是真实的思想，然后才能使读者感到作品的真实感情。

　　发表和写作，有时能结合，有时却分离，这不以主观的愿望为转移。不为生活所逼迫，不为名利，总想给人以更好的东西，但这东西很不容易产生。譬如形式、语言、题材，要找新径，就很难。

　　你能为当地的文学事业尽自己的一分力量，做个介绍人，也有一定贡献。希望你能团结一切人，到处发扬别人的优点，为所有的人服务，那结果必是好的。

　　我当然也愿意助你一臂之力。无奈距离遥远，条件限制，只有请你多多原谅了！

　　春节如能回厦，你当会打听到我的行踪的。我随时都可以到厦门。

　　祝你一切顺利！

其矫

（1978）十月二十四日

王西彦书简十七封

（1）

您五月二十日信已由雷国华①小姐转到。在此以前，施蛰存先生也有信给我。痖弦先生要的文章匆匆写了一篇，题为《苦计从笔端流出》，是关于写作生活的，现奉上，请检收并转寄给痖弦先生。很久未再写繁体字，写起来颇感生疏，不免有些东倒西歪。

附奉小照一张，还是一九八一年的，请一并转寄给痖弦先生，请他考虑能否在副刊上和文章一起制版登出，增加读者的亲切感。

收到稿子和照片后，请给我一个回音。顺祝

文安！

王西彦

1988 年 6 月 25 日上海

（2）

您的信，"联副"剪报以及由蛰存兄转寄的复印件都拜收，十分感谢。"联副"上的文章刊登的颇为庄重醒目，请代向痖弦先生致谢。

痖弦先生所提起的《微贱的人》是我青年时代旧作。当时首先由良友图书公司、后又由晨光图书公司编入"良友文学丛书"和"晨光文学丛书"印行，五十年代中期又由上海文艺印行横排新版，最近将由福建海峡文艺出版社印行修改本。待海峡版印出，当寄请

---

① 沙叶新话剧《寻找男子汉》来港演出，她任导演。——古按

您和痖弦先生指正。

我很愿意为"联副"寄稿，向台湾的朋友和读者表达我的情怀。目前我手头有一篇关于沈从文的为人和作品的文章，约两万两三千字，如"联副"刊载，当抄成直行，托您转寄痖弦先生。关于"文革"的长篇，须等一个时期才能整理出来，如能在"联副"上连载，自然是一件大好事。我还在写一个"文革"题材的中篇，约五万字，希望先在"联副"上发表。上述情形，请代向痖弦先生致意转达。类似《炼狱中的圣火》那样的文章，我想再写一些，把原书加以增订。经历了那场"史无前例"的劫难，我的确有很多可以写也应该写的。虽然年事稍长，精神有限，也愿勉力而为，一舒愤懑。

等着您的回音。

顺颂

台祺！

王西彦

一九八八年九月九日上海

(3)

一月三十日信拜收。"联副"拜年专辑已遵嘱分别转给施（蛰存）、许（杰）、柯（灵）几位，与施、许并通了电话，许说他也已收到您的信。

我直接寄给痖弦先生的《春节的祝愿》一文早已刊出，希望能见剪报，以供保存。现又奉上《人性的悲剧》一文，连同复信一页，请费神转寄给痖弦先生。

《苦汁从笔端流出》和《春节的祝愿》两文的稿费可由中国银行汇寄港币。香港《文汇报》给我的稿费，就是这样办的，但不知是否有改变。如不能汇寄港币，只好暂存您处，等有便人带来了。

上海《文汇月刊》今年第一期发表邵燕祥《有情人间》一文，

推荐尊作《悼笔》，现特裁奉，请检收。尊作写得情意深纯而笔致简洁，确属珍品。如蒙见赐尊著《有情人间》，以饱眼福，就更感激不尽了。

　　匆此，即颂

文祺！

王西彦

1989 年 3 月 3 日上海

（4）

　　三月十八日手书和转来痖弦先生信拜收，稿酬 HK1550 元也随即汇到，非常感谢。既要您转信转稿，又要您汇寄稿酬，实在太麻烦您了。

　　痖弦先生嘱我续寄短篇散文，如有写成，自当随时直寄去或仍请您代转。知道台湾读者还没有把我完全忘记，颇感安慰。

　　年初春节期间，巴金先生又在家里跌了一跤，是 1982 年以来第三次，虽未折骨，但筋肉受伤较重，至今仍住在医院里。他今年已八十五岁高龄，双手发颤，执笔困难，写作小说的计划恐怕很难实现了。

　　痖弦先生代致候。

　　匆匆，顺颂

文祺！

王西彦

1989 年 4 月 2 日上海

（5）

　　十日手书拜收。

　　关于大陆的情况，相信您比我知道得更多。我还没有从过大的震惊中清醒过来。的确，不幸的中国人总离不开重重灾难。我还觉得，作为人民中间的先知先觉者，中国的知识分子更从来没有过好命运。在《苦汁从笔端流出》那篇短文里，写的就是这层意思。不久前，我在一个讨论文学的座谈会上被邀发言，临时取了个题目叫"网里的鱼"，说中国知识分子一直身处网罟之中，缺乏独立人格的自由思想。我原打算拿这个题目写篇散文，刚写到一半就停下来了，直到今天还未曾提笔续写。我决定近日内把它写出来，寄请指正。

就我所知，京沪两地熟人，包括萧乾、白桦等，目前都安好如常。有些情况，一时还弄不清楚，要看今后发展。

《人性的悲剧》既已登出，请费神给我一份剪报（复印的也好）。稿费可以寄来。上次寄来的早已收到，非常感谢。您这次来信漏掉一个"西"字，以致邮局投递时发生困难，复兴路分东、中、西三段，只写"复兴路"，须先投东段，再投中段，误了时间。今后无论寄信汇款，务请写明"复兴西路"。

又，前些日子您寄辛笛兄的信，信封上的地址却写成我的。我收到后已转给他了。

给痖弦先生写信时，请代致候。

匆匆，祝

夏安！

王西彦

1989.6.20.上海

(6)

接奉四月间来信后，我总想给"联副"写成那篇散文，请你转给痖弦先生，因而把复信也搁置了近三个月之久，请你见谅。现在，我已写成一篇题为《苦难——永恒的主题》的短稿，是关于自己写作的第三篇，奉请检收并代转，同时请向痖弦先生致意问候。

关于一年多来的情绪变化，在此无法详述。所幸健康情况尚好，上半年且曾出外小旅三次。在五月间到常州参加一个散文研讨会时，有机会见到台湾的郭枫先生，我们不仅做了长谈，他还题给我一册散文新集。

这些年来，除了整理旧作，出版了一部五卷本的"选集"（约250万字，占创作的一半，未收理论文章），主要的时间精力都放在设计三部长篇小说的创作。这三部作品都是以知识分子的生活遭遇为题材，初步拟题为《窄门外》《在漫长的路上》和《世界的尽头》。它们写中国现代知识分子的三个重要时期，即三十年代抗日战争前夕、四十年代抗日战争结束以后、六十年代"文革"悲剧中。"文革"以前，我已写成了第一、二部初稿，其中部分原稿在"文革"中遗失，但仍保留一些残稿。回顾自己的写作历史，我总抱憾于未能很好地利用以往的经历。现在虽然年老力衰，但总想能有十年时间来完成这个计划。我觉得这是我的责任。此外，我在"文革"后的近十年内，除了写一些短篇散文，如《晚望》和《暮钟》那样的集子，还完成了一部约四十万字的回忆录——《乡土、岁月、追寻》，已在北京的《新文学史料》（季刊）上连载完毕，正待出版单行本。前年"联副"上介绍我的生平时，也提到了这部回忆录。

其实，关于回忆录，已发表的只是前半部。在我的计划里，还有后半部。你当想见，这后半部的写作十分困难，即使写出来也暂时无法发表。因此，我曾打算先写十年"文革"。我在"文革"中蒙灾受难的时间超过十年。我是一九六六年六月间上海最初被点名批判的八人之一，但到一九七六年十月仍处于被专政的情况下。关于我自己的、我一家的，还有我周围的朋友们的，所能写的事情很多很多，如果能择要记录下来，不但对自己是一件值得纪念的事，也许对历史和文学都不失为一种贡献。当然，在我的年龄，我所要写的似乎过多，未免有些近于不自量力。但我想，作为一个作家，总须尽一个作家的责任，不能以年老来自我原谅。老人自然应该服老，不过同时也应该不服老。

你在来信中说，打算给瘂弦先生写点数百字的报道，所以我就把自己的写作计划告诉你，供你参考。

十月间你如来上海，千万别忘记到我家做客。我家的直线电话号码为：43728××，请先记在你的记事册上。

这封信已经写得不短了，就此暂时告别。

热烈握手！

王西彦

一九九〇年七月二十九日上海

（7）

正在等候您的信，您的信来到了，喜悦的心情，您一定能想象。

去年十月下旬我偕老伴去杭州小住，到十一月近中旬才回上海。您到上海时，我们正在杭州。而且，就在那时候，我的儿子王晓明应邀去了美国，家里只有媳妇带着个六岁的小女孩，她们母女一个上班，一个要去幼儿院，因此可能都不在家。好不容易有个见面机会，就此错过了，真是可惜。但我想，您来上海总比较方便，而且上海有不少熟人。蛰存兄处我已很久未去。柯灵就住在我家斜对面，经常可以叙谈。黄裳住在离我这里也不远。

令尊逝世，望善自节哀。

请您转给"联副"的《苦难——永恒的主题》一文的发表稿剪报，已由台北直接寄来。由您代汇的稿酬也已收到。如给瘂弦先生写信时，务请代为致候。过些日子，当再为"联副"寄稿。

应刘以鬯先生之约，我为《香港文学》写了一篇题为《一个老人的沉思》的散文，说了一些和自己年龄有关的话，已发表在第二期上。如有便有兴，希望能听一听您的意见。这类"沉思"，脑子里还有一些，也许能陆续写出。岁数一大，总难免东想西想，真没办法。

上海的冬季较温和，目前已是春节，气候似不致过分转冷。我因有脊椎宿疾，最怕严寒季节，去年一至三月，连行动也发生困难，根本无法伏案写作。今年的情况大有好转，情绪也还不错，大概可以多写一点了。

盼能经常收到您的信。祝
春节好！

王西彦
一九九一年二月十四日除夕之夜

(8)

尊著《梦系人间》刚收到时，就拜读了。您的文笔优美，富于抒情和哲理，很使我喜爱。从底封面的介绍，知道您原籍泉州，更增加了我的亲切感。我虽是浙江人，但两度在福建工作，也两次到过泉州，那里的开元寺和清源山给了我很深的印象。

我本要为"联副"写一组散文，且已告诉了您，却一直未动笔，心里颇不安。请您转告痖弦先生，我并没有忘记自己的诺言。

盼经常来信，保持彼此的联系。顺祝
春安！

王西彦
1991 年 4 月 5 日上海

(9)

我刚从北戴河回来，就接到您十九日的信。

这次我和老伴去北戴河住了些日子，游了包括山海关、姜女庙在内的一些风景点，登山下水，两个老人仿佛发了少年狂。晓明的妈妈特别喜欢到海滨浴场学游泳，兴致高极了。回上海前，又在北京待了几天。人晒黑了，精神却很好。

由于年龄和性情，在上海少参加社会活动。我总觉得，作家应以作品和读者见面，不必在各种集会上露脸表态。但您信中所说的"老人聚会"，则是因为我外出才缺席的。

刘济昆先生来上海时，到我家做了一次客，情况一如他回港后所写《上海三日印象》（《星岛日报》）所记述的。当时我的"文革"回忆录尚未写完。我这本小小的回忆录，题为《焚心煮骨的日子》，约十八万字，本月九日邮寄香港，第二天我就启程去北戴河。等我从北戴河回上海，知道他十二日就收到了，给我家里打来了长途电话；同时也看到了他的信，说要争取十月间出版。希望能如此。稿子写得较粗，力求从一个知识分子角度看问题，书名也就是这个意思。可以自慰的是，在书中没有说一句假话，也绝不夸大其词，尽可能做到对历史负责。我所追求的是朴素和真实。

"联副"的稿费，如晓明到香港时能见到他，就请交给他，要他给我买些西洋参丸之类，都说香港的西洋参丸很好。如见不到，就麻烦您转寄上海。在这件事情上，多次要您费力帮忙，真是感激不尽。

今年气候有些反常。素称避暑胜地的北戴河很闷热，到了北京也如此，回到上海更是如此。香港想来也不例外。请多保重。顺祝文祺！

王西彦

一九九一年九月一日上海

（10）

晓明已回上海，过港时匆匆未能与您见面。因此，那笔"联副"的稿费，麻烦您代为转汇。

匆匆，即颂

台祺！

王西彦

一九九一年九月十四日上海

（11）

九月十日来信使我想起很多事情，想起你在《梦系人间》一集中有些篇章所透露的情绪。但在这里，我只想谈一点自己在写作方面的感触。

还在很年轻时，我就把"保持心灵的自由"作为人生追求的目标之一，以为这是比较容易做到的。人应该做心灵的主宰，是天经地义。可是后来发觉，人往往不能做到这一点。你就读一读历史上那些享有盛名的诗人词客的作品吧，岂不是只有"莫可奈何"四个字吗？那个年代里，"学而优则仕"，人身依附使知识分子不得不以放弃心灵的自由作代价，换取一官半职来光宗耀祖。到了新的时代里，这种人身依附的传统以另一种方式得到"发扬"，这是人们所熟知的情况。

你曾经在上海读书，当然不会不知道，新时代的作家群中，有谁能够完全保持心灵的自由呢？不是多在写什么《明朗的天》和《龙须沟》那样的作品吗？有的"大诗人"甚至大写其"齐放"的"百花"呢。我觉得，这样做的作家离开"莫可奈何"也很远，因为"莫可奈何"还可以使读者得出自己的结论。当然赞美"百花"的诗人也可使读者得出某种结论。

对我来说，苦难是永恒的主题，是由于身处一个苦难的时代。我看整个文学历史都是如此，只有所谓"社会主义现实主义"的作品是一种例外现象。但历史将很快证明，那不过是可耻的欺骗。在这一点上，我曾有过可怕的迷误，并为此留下深沉的悔恨。在苦难的时代却昧着良心大唱赞歌，明明白白地是自欺欺人。

作家只能听从自己心灵的呼声。丧失自我，对作家来说是莫大的悲剧。可是，我们偏偏碰上这样一个迫使你非陷入丧失自我的困境不可的年代。说是苦难，还有比这更深重的苦难吗？

来信说到文学的新与旧。不错，产生文学的年代有新旧，即过去与目前，但作品本身并无新旧之分。《红楼梦》《战争与和平》，是新是旧？我以为，只要是有价值的经得起时间考验的，就是常新的。真正的艺术，总是常新的。有些以"新"作标榜的东西，往往昙花一现，瞬即消逝，能新到哪里去呢？

《焚心煮骨的日子》写得太粗、太浅。执笔时似乎憋着一口气，只想一吐为快。其实，我是可以写得稍细稍深的。书印出时，你能最早读到，希望见告读后感。

信笔写来，近于语无伦次，你读后一笑置之好了。顺祝
文祺！

王西彦

一九九一年十月二日上海

（12）

上月下旬上海的会晤，时间虽嫌过于短促，却十分愉快而亲切。

列夫·托尔斯泰的文章，我已向译者要来了，现奉上，请检收。译者用了个"超鹰"① 的笔名，明眼的读者能悟知是什么人。

---

① 即翻译家草婴。——古按

如方便，请考虑找个地方发表一下，我相信能使读者耳目一新。自然，如我不到发表的地方，请掷还。

最近我偕老伴去了一趟杭州，顺便又一次游了千岛湖和富春江。秋天的富春江确实很美。

匆匆，候复。

热烈握手！

王西彦

一九九一年十一月二十日上海

（13）

三月二日手书拜收。

知草婴先生译文已发表，很高兴。《国事评论》不便邮寄，望能将译文复印一份见赐。稿费请暂存尊处，因草婴先生不久可能经港赴美，届时当可由他自己来取，或由他委托在港友人代取。稿费数目，盼能见告。此事麻烦你了。

曾敏之先生等发起组织"世界华文文学会"，曾以筹委会名义邀我作代表赴港参加五月中旬的成立大会。我很愉快地接受了邀请。可是当北京中国作协统一办理赴港手续时，未能得到港澳工委同意，因此无法成行，殊感惆怅。你如见到敏之先生，请代致歉意。

我那本"文革"回忆录《焚心煮骨的日子》已于去年年底由香港昆仑制作公司出版。版式、封面等方面都不错，只可惜错字多了些。不知你已见到否？非常希望你能读一读它。把意见告诉我，是真正的意见，不是恭维。我自己读后，则觉得写得太匆忙、太疏略了，应该写得稍稍细致、深刻些。前些日子香港中文大学一位教师的信，只说他读后如何激动，未及其他。我还想对这本回忆录做些补充，非常需要听到批评意见。

我又给"联副"寄去一篇短文，痖弦先生来信说即将发表，这样又要麻烦你代转稿费了。

《华侨日报》要的稿子，写成合适的当随时奉上。我也告诉了晓明，要他寄稿。只是他最近患眼疾，医嘱休息。四月中旬，他要到香港参加一个什么会议，也许你们能够见面。

上海春雨连绵，空气冷湿，极不舒服。香港如何？盼加保重。

匆匆，顺颂

文祺！

王西彦

1992 年 3 月 24 日上海

（14）

接奉四月三日来信后忘记了是否曾立即给你作复，因此现在来写这封信。

你对《焚心》的不足之处，说得很对。在上海，就有朋友提出，为什么不写一写例如"反胡风""反右"等运动的影响呢？关于在"文革"中身受的痛苦，为什么这么轻描淡写呢？等等。有朋友甚至说，既写"文革"回忆录，就该写充分些，该增加至少三分之一的篇幅。我想，诸如此类的缺陷，只好等以后再重写一次了。晓明从香港回来说，你准备写一篇关于《焚心》的评介文章。如写，希望能持较为严格的标准。

年初应邀写了一篇题为《在自己的钟楼上》的文章，一时冲动，向读者公布了自己的创作计划。现剪下广州《羊城晚报》上的发表稿一份，奉请一阅。计划中的前两部，都已有残缺的初稿，第三部就是写"文革"的。我想，只要我能再写五年，也许就能完成这个看来颇大的计划，关键就看健康能否允许。

敏之先生他们正在筹组的"世界华文文学会"，不知近情如何？

看来即使在现在的香港，要按照自己的意愿做些工作，也非易事。

你大概很忙吧，我倒是喜欢读你的散文作品的，希望能挤出时间来多写几篇。写作需要才能，也需要勇气和决心，即意志的力量。即使环境不那么好，条件不那么齐备，但人的意志力量乃能发挥作用。

春夏之交的好天气，我老是想外出旅避，想到西湖或富春江等处看看湖和江，接近接近大自然，老是困在上海这样的大城市里，的确有些闷人。

盼你的信，并祝

近安！

王西彦

一九九二年五月十四日上海

（15）

八月十六日手书拜收。

今年上半年是我和周雯两人的治疗期，先是周雯住医院切除双脚大拇指骨突出，接着是我住医院治疗右眼白内障。现在周雯已能正常行动，我的视力也在恢复，下月初就可以做最后一次测定。在此时期，还不能多用眼睛，写作的事只能放一放了。

蛰存兄也住过医院，只是时间较短。他出院回家后给了我一信，说你曾把《焚心》一书寄给他，他读后还说了几句好话。随后他把它借给徐中玉，徐又转借给钱谷融，很流转了一通。不知他已寄还给你没有？

听说《东方日报》是港报中销路最大的，但工作过于繁重也不是件好事；现已转入《成报》，希望你能利用闲暇多写几篇好散文。

"联副"已把我一篇短文发表出来，自然又得麻烦你转汇稿酬了。草婴先生正在美国旅行，他启程时向我要了张文达的地址电话，说到香港就去领取那笔稿酬。原来稿酬已在你手里，务请你告诉文达先生一声，要草婴先生到你处领取。草婴想用那笔钱在香港购物，因此给你添了许多麻烦，十分对不起。

文达先生著有《牛棚杂忆》一书，我很想拜读，你能我代买一册否？或者，由我和文达先生互赠自己的著作，用《焚心》换《杂忆》。我将给文达先生寄一册经过题签的《焚心》，请他指正指教。

我已把你的信给晓明看了，他说他要给你寄赠他的新著。最近他刚完成一部《鲁迅传》，是应台北一家出版社之约而写的，主观愿望是写一写真实的鲁迅。

尊编《华侨日报》文艺版出来后，盼寄一阅。我如写出合适的短稿，当随时寄奉。

今夏上海出现据说是百年仅见的持续酷热，晓明一家三口去庐山小住十天，我和周雯却坚持上海，依靠空调和电风扇度日。现在已开始秋凉，日子好过得多了。

下月初做过视力测定，我可能先到杭州去住几天，杭州"桂子飘香"季节很可爱。关于"三部曲"的写作，总得以后再从容从事。

希望能经常接到你的信。顺祝
秋祺！

王西彦

一九九二年八月二十四日上海

（16）

前几天草婴先生回上海，向我谈起过香港时你给他送稿费事，对你甚为感激。他在美国过了一百天，在香港住了一周，又到厦门女儿家住了一周，到上海已是本月中旬。他要我向你表示谢意。其实，应该对你表示谢意的，首先是我。也不只是草婴先生的译稿，你给我的帮助太多了。

上海《书讯报》最近一期发表有一篇关于谈你散文的文章，现剪奉请检收。你写得一手好散文，我总希望你能挤出时间多写几篇。文章总是挤出来的，在香港尤其是如此。我对中国大陆的文学前途抱悲观，觉得它已病入膏肓，回生乏术。但我还是要写，要实践自己的诺言，完成自己的计划。也许有些不自量力，不过做了总比不做好。

关于散文，我在最近期《香港文学》上发表了一篇题为《从真情实感到纯朴的诗境》的文章，是前年在常州一次关于散文趋向研讨会上的发言，做了一些补充修改而成。如有便，希望你能读一读，告诉我意见。

时间已近秋末，我很想下月初去杭州小住两周，但尚未做决定。我是浙江人，六十年前在杭州读高中程度师范学校，四十年前又在浙江大学教了几年，被调来上海后，也几乎每年都要往杭州跑。即使如此，西湖还是对我有吸引力。倒不单是出于乡土观念，西湖的确有它特殊的美。

我在准备补充增写《焚心》一书。广州的《随笔》（双月刊）今年第六期转载了其中两章加后记，下月可出版。主编者还给我写来长信，对补充增写提出很多期望。

等你的信。

热烈握手！

王西彦

一九九二年十月二十二日上海

（17）

久久未给你写信，是因四、五月去杭州和浙东一带旅行，回上海不久又因患急性肠炎，住了一段日子医院，出院后精神总是不振，所以连应该写的信也拖下来了，请见谅。

一直总想给尊编《文廊》寄稿，这次决心动笔写一篇三千字以内短散文，题为《平凡的企求》。可是写成了却几近四千字，而且内容和文笔都过于平实，缺乏精彩。稍可自慰的是，写的确是心里话。现在奉请检收指正。如觉可用，看看能否一次刊出，使读者可有较完整印象；自然，实在不易安排，可分两次也可以。不合用则者请费神掷还，或转别处刊用。

"联副"上《寂寞的旅人》一文稿费，烦你转来，已拜收，很感谢。此文发表日期为今年二月十九日。另外有篇题为《疯人的世界》，发表于去年八月三日；又有一篇题为《被发现的与被摧残的》，发表于去年十一月十七日。这两篇的稿费都未收到，请你回忆一下有无转汇的印象？或者便中给痖弦先生写信时，请他查询一下？转汇已很麻烦，现在又向你提此类琐事，殊感不安。

近来健康情况如何？念念。

匆匆，候复，即祝

近好！

王西彦

一九九三年九月二十一日上海

有情人间

给朋友的信

　　你几封地址不同的明信片都收到了。这封信寄到巴黎你太太家人处转，但愿你能读到。

　　没忘了你，只因你本身是法国境内流动的车，我的信无法跟踪你落脚的酒店。

　　离开香港前的那晚，漫步在中环岸边，你准备乘最后一班船回你离岛上的窝。

　　你细数着你回到香港所见的不平，陈说着你对世事的慨叹。你说："我变成愤怒青年了！"你应记得的，我只淡淡一笑，没有回应你的话题。你望着我的那双眼睛，我感觉到你的茫然。我内心里像你一样，有着愤怒，有着忧伤，也有解不开的迷茫。或许我的心老了，或许我的棱角已为生活的礁石所磨钝，它们都只吸附在心壁上，泛不起气泡了。

　　我记得的，那年你与太太旅游中国，你是为了去登长城。在长城上，你忧伤地吟着："万里长城万里长，长城外边是故乡。"

　　朋友先你而回，你托他带来了《今天》。我第一次读到"思考的一代"的诗歌。顾城有一首《小巷》：

　　　　小巷

　　　　又弯又长

　　　　没有门

　　　　没有窗

　　　　你拿着把旧钥匙

敲着厚厚的墙

你站在中华民族的长城上，敲着厚厚的墙，你拿着的是怎样的钥匙呢？回来时，你也只淡淡地说：丢开了旧钥匙，还未找到新钥匙。

你曾想穿过蒙古，穿过西伯利亚，在苏联逗留些日子，看看陌生的世界而未能如愿。

我明白的，我明白你和你的朋友们的心事：中国应有新的长城。

我看见了，也记着的。因一位旧同事，在工作上欺负一位新来的"绿印"同事，你拍案而起，申斥那位旧同事。那"绿印者"成了"牺牲品"，你也愤然抛弃了那份工作。

这么多年来，在不同的机构，我也只见过一个为弱者说话的人，这就是你。她会比我更记得你的。

我仍然希望你是"愤怒青年"，没有愤怒，没有棱角，他的心必也冰冷；光有愤怒，光有棱角，当然不够，还要有智慧和理性。我希望你不要忘了"钥匙"，且快快回来。

紧握你的手！

六月十二日

五月雨

从写字楼到家居，一段短短的路程，平日只需十数分钟，拐几个街口就到了。

五月的日子，一阵阳光一阵雨，一头灰云一片湿气，最难将息。走上街口，还是一路干爽，弯了一两个街口，可能就被泼来的大雨截断去路。

中午下了班，悠悠然信步而行，猛然间，一场雨就疯了似的倾盆而来，行也不得，无奈地被锁于街边廊下。

带伞的人，张张皇皇举伞奔跑；赶路的人，匆匆截的士而去。

有时真觉得，五月的雨，如街头突然闯入持枪的劫匪，好端端的秩序就被破坏了，把拥挤的行人，赶得拔腿四奔，只留下空荡荡的马路和一片全无诗意的雨声。

我手中无伞，撑不起一伞之下的晴天，更筑不成通向家门的伞缀而成的长廊。

心想，每个人都有他的目标，他的追求，在进程中，有时就会遇到如五月的雨，突然把你镇锁在半途。这时，是多需要一把小小的伞啊！

在雨里打伞来往的人中，渴望发现一张相识的脸孔，他递过半边伞，让我走完那半程路。然而，匆匆人流中，尽是陌生的五色伞。

即使有人想递过半边伞，那又怎样？

有一晚跳下小巴，夜雨就对我而来似的大了，隔着马路像隔着一条河，家可望而不可即。

带伞的人，一个又一个，稀稀落落地从身旁擦过。此时有一妇人，在路边不远处停下来，半侧身朝我的方向望过来。我身边无人，看样子她可能认识我要我搭伞似的。我认不出她是谁，没什么表示，她迟疑了一阵子就径自走了。我想，她可能是同一幢大厦的住客，果然她走进了那幢大厦。

我相信，她是准备为我递过半边伞的，我没有勇气去接受那半边伞的阴天，还是让那大雨阻断我的前程。

生活中有无数的五月雨，追求的路上又何尝不是！

六月凤凰

偶然闯入眼底，纷纷谢落的凤凰花，猛然唤醒满眼诗情，一怀惆怅。

星期天，朋友去大球场看球，从居处路过，赶在闭赛之前，摇了电话来，约我到楼下的印度尼西亚餐厅聊天。

大家有共同的爱好，话题一来就如山涧流泉，真是个抽刀断水水更流。

他赶着入场，我正闲着没事，就陪着他在加路连山道上，一边谈一边沐浴在六月午后柔亮的阳光里。

此时，我才发现两壁的绿树垂蔓，簇拥而来。那翠绿，在阳光下随风摇曳，似发散着点点绿晶晶的水珠。我仿佛走入微风细雨中。

最少有四年了，虽离家只有百米之遥，没一次折上这条幽静的小路，我竟然耽误了多少自然界给予的好意。

朋友是诗人，他有诗人的敏感。他突然指着十米外一棵树。树冠如伞，遮起一地阴凉。绿色冠盖顶端，铺一层殷红："那是什么树？""凤凰木。""英雄树呢？"

"又叫木棉树。它的花像粉红色的铃铛。"我环顾周围，就见球场边有一棵五层楼高的木棉："那棵就是。"可惜它的花期已过，其实木棉花开比不上凤凰木的灿烂。

他加快了脚步："你再看看这里！"树荫下狼藉一地的花尸，殷红已褪失，憔悴蜷缩，默默等待化为泥土。

"真是灿烂过后归于平淡！"他说。

相信他曾为凤凰木花盛开的灿烂心动过。那绿伞上火焰般的凤凰花，也许曾带入梦中。

我爱上凤凰花是少年时候，每天上学都从厦门中山公园经过，一路的凤凰树就在斜坡底谷，每当五月凤凰花铺满绿茸茸的树顶，我总爱站在斜坡上，看晨风把红花吹皱，荡起涟漪，流向远处，曾想象它就在那头滑落，变成瀑布。偶然闯入眼底的残存殷红，无端唤回曾经璀璨的少年，眼下竟已是六月凤凰了。

梦的况味

平日一忙，连梦也不来造访。梦是什么滋味，似乎也忘得一干二净了。

几天的假期，不必担心误了上班时间，也无须为手头棘手的工作发愁，躺在床上可尽情睡去。

梦，竟然也悄悄来叩我的心扉了。

我梦见祖母：她站在颓败的木门前，一头白发在暮色中泛起银闪。她伸长黑瘦的左手，凝住在黄昏的凉风中，一脸的茫然若失变成喃喃细语："你要再来，你要再来！"

最终，我是没有再来，而祖母是去了。

她不是我嫡亲的祖母，是父亲读小学时结拜兄弟的母亲。她的儿女于三十年代漂洋过海之后，就只剩她孤守家园。我大学毕业那年，到故乡的一所大学任教，父亲写信嘱我一定要去看望她。我才有机会第一次见到这位祖母。

她有个很美的名字，叫美娘。祖母那代的闽南妇女，很多名字都有个"娘"字。祖母住在桐城西门外。房子破旧，大厅的屋梁已倾斜，用一柱大杉木顶着，叫人担心它随时会塌下来。我纳闷：厦门有洋楼、孙儿，她为什么不搬去同住，情愿孤零零地蹲在这破屋里？

与祖母第一次见面，她的形象就深烙在我心里。邻居小孩把她从菜地里找回来。站在我面前的祖母，背上背着装满了杂草树叶的大箩筐，整个赭色脸膛爬满蚯蚓般的皱纹，淌着汗水。我有点心疼，说海外寄来的钱够吃够用，还去做活干什么。她却说："我不是欠钱用，是做惯了，少做就生病。"好像要证明她身体硬朗，她指着墙上的奖状说："三年前，还是劳动模范呐。"

不过，祖母年纪委实太大了，应该去安享晚年。每次去看望她，我总劝她搬去厦门，她也总是这样回答："我住过几次了，住下来就生病。一回到这个家就什么病都没有了。"怎么也没能说动她。有一次，我又旧话重提，祖母望着厅中摆放的神主牌黯然地说："我去了，那些祖先谁来看顾？"

我不能回答。我知道这屋子散发出去的枝叶，飘落在厦门、海外各地，没有人会再回来整修和居住了。唯有祖母以她的心和手，守护着这故土故居故人。

假日带来了梦。我却品尝不出，这梦是温馨还是苦涩。

小猫的故事

回到家里，像往常一样，全家人都睡了。

轻轻按亮了书架上的台灯，白亮的灯光下，乱糟糟，不许家人移动的桌面上，一张女儿字迹的条子，豁然映入眼里。

爸爸：
　　我带一只小猫回来养，你千万不要去厨房吓它！

读到"不要去厨房吓它"，禁不住自个儿笑了。写得很简洁。简短一句话，很流露了她对小猫的喜爱之情。她平时喜欢跟爸爸打打闹闹的神态，也活脱地出现在"不要去厨房吓它"的语气里。她就是那么一副"整蛊作怪"的模样。

厨房里，绳子拴着一只虎纹的小猫，身长不及盈尺。见了人，从地上爬起，咪咪地叫着。它的睡榻是一条旧浴巾，旁边放着饼盒，里面铺满细沙。这是小猫的厕所。

我小时喜欢猫狗，有一年疫症流行，我家养的那头黄狗，政府拖去毁灭了。曾哭了一场。至今还记得，它竖起双腿迎我放学归来的情景，平时伸出手，它总前掌搁在我的掌心上，手不收回，它就时左时右交替着，逗至你开心为止。

现在我不喜欢养猫狗，养猫狗应有宽阔的住所。

这两天，母亲总叨念着："臭得要死！臭得要死！"

女儿没跟我说，把猫带回来了。我心中默许，对母亲的叨念也就不出声。

第三天晚上，回到家已近十二点了。按亮台灯，房里传来幽幽的声音："爹地，把小猫丢了。"女儿还没睡。平时早就睡了，今晚大概等着我回来，就为了这句话。话声里有点泪音。听得出，她不情愿地同意了家人的处置。

我没回应，她也没再说第二句。房里房外，窗内窗外，都静得像深夜的教堂，厨房里没拧紧的水喉，间续地传来滴嗒声。

我心里，油然生起一阵悲哀。

女儿养过三次猫，第一次是我带回来的。那时她还小。她把绳拴在猫脖上，夜间小猫在饭桌下缠来转去，竟把自己勒死了。第二次跟第三次一样，也给放到野外去了。女儿是否还会养第四次？台灯三尺之外是一片混沌。

回忆中的明天

记得有人说过，频频回忆过去的人，是老的象征。好像香港一位有出息的女作家也说过，只有回忆的人，他已没有明天。

一直以来，对这些话不以为然。谁能没有回忆？谁不在一桩似曾相识的偶发事件上，或者在读书阅报的触引下，回忆起自己的过往？谁不曾在悠扬的音乐声中，在宁静而悠闲的夜晚，或者是朋友热热闹闹的闲聊里，记忆中的往事就浮起来到你的眼前？

此时，室内飘动着柔美清亮的"友谊万岁"，心里就突然出现少年时绿色的郊野、同伴和远足，及陌生而又熟悉的那份情怀。瞬间，我跨越了时光，变得年少，也在瞬间，油然生起一份失落的惆怅。此时，确有老的感觉。但未曾叹息。这样真叫作老了？

盯着今天，我倒数着过去，这可就是没有明天？但在另一时刻，在书堆里工作时，我又确实感到我在瞻望着明天，在设计着明天。

我实在不相信这是老的象征，也不愿意承认这是没有明天。

女儿刚放学回来，她比我年轻二十八岁，我想在她身上寻找印证。

"姬娜，你想不想以前的事？"

"不想！"她坐在我身旁的沙发上，冲口而出。

"明天的事你想不想？"

"不想！"答话还是毫不犹疑，很干脆。

随即是短暂的静默，她过去把音乐换了。室内扬起 Michael Jackson 急促暴烈的喉音。磁性中带甜味。声浪拍击着墙壁，在四面墙上追逐。

我们眼中的婴孩，美得像阳光，小孩，快乐得像晨曦中的小鸟，也许就因为他们不背负着过去，不回瞻从前，每日都只有今天。成年人比小孩成熟，大概也因为有可以回瞻的去日，这毕竟是"老"的征象。但是，如果你和我，在出门前记起淋雨的旧事，探出窗外望望天色，在回忆与瞻望中起行，难道没有明亮的明天？只有不回忆的人，他的明天必是苍白的。不瞻望明天的人，他的今天定然也混混沌沌。

请给孩子温情

女儿告诉我这样一件事：

她的班上有一位女同学，因不满家庭，最近离家出走，住到同学家里去。据说，她的父亲常常打她，骂她，在家中没有一点温暖，动不动就说要送她到儿童教养院去。

这位父亲对自己的女儿没有感情，据那位出走的女孩对她同学说，是因为父亲说她是"野种"。她父亲结婚时，母亲已有孕，待生出这位女孩，她父亲就说，是她母亲带来的"野种"。既然对女儿有恶感，左看不顺眼，右看不顺心，时时出语伤害这纯洁无瑕女孩的心。

人的感情是在互相给予的温暖中共生共存的，也在冷酷中生出反叛和憎恨。

这位女孩在同学中寻找到温暖和同情，甚至是信任。在家中只有冷眼和威逼，家庭对她如处于无御寒衣物的冰窖，她怎能在这样的家庭中得到快乐呢？

同学收留她在家中住，是对她处境的同情。我倒很为同学间的这种同情所感动。相信这种同情，也一定给了这女孩子内心温热，假如这些同学都是好的，甚至可以把她带上正路，而不至于滑入悲剧的路上。

据说，她这次离家出走时曾说过：反正入教养院给人打死，还不如痛痛快快地玩它几天。

在我听来，她内心里有一种末日来临的悲哀，无可奈何的痛楚。一颗幼小的心灵，怎能承载得住这样的压迫？

我们应该责怪谁呢？对这女孩的家庭背景和她的行为我所知甚少，但凡出走的孩子，她们都有相似的原因：失去家庭温暖，或社会上太多的不良诱惑。假如家庭有温暖的维系，有谆谆的教诲，外间的诱惑是抵御不住父母的爱心的。

　　这位女孩的出走，能说不是她父母造成的？父母婚姻上的错误，会带给后代不幸。为人父母者，是否都认真想过这个问题？这个女孩已回家了，但愿她父母给她真诚的爱和温暖，社会上也会少一桩悲剧，未来多一个美满的人生。

想起海

像绿色在我生命中唤起眷恋一样，海也浸透着我的梦魂。时间筛弃了无数的往事，如海浪抹平沙滩上匆匆走过的脚印。岁月如尘，叠叠埋葬着记忆，而与海结缘度过的日子，恰如深夜秋空的星星，在我生命中闪灿。

偶然于报端读到一篇关丹风光的游记，我的心就飞向那生我的城。这是一座滨海城市，它的郊外有无数迷人的沙滩，沙滩宽阔如洁白平坦的公路，拖着弧线渐远渐细伸向远方，沙岸上是密密的椰林，修长的椰叶应着海风婆娑摇曳，犹如少女披散长发，哼着轻轻柔柔的歌。海浪追逐着，如我跃进海浪，它扑向柔滑的沙滩，像顽皮的小孩在沙滩上翻个筋斗，又回头滑入海的怀抱。

那黄黄浊浊的海浪，至今还留着我幼年的心悸。

我更喜欢于假日，成群结队穿过椰林，到海边的渔村，望夕阳下远帆归来，听渔港腾起的喧闹，嗅那阵阵鱼腥，看那赤裸的小孩，提着他爸爸递给他的鱼获，蹦蹦跳跳地奔向矮脚亚答屋里的笑脸。

不久之后，我跨上海轮，咬一咬舷梯的扶手，在海中丢下一枚铜币。外婆说，这样不会晕船。于是，十一日的海路，我听过海和尚掀倒轮船的故事，看过船头擎起无数长翅的飞鱼，银闪闪地在船边飞行，年幼的心灵，听到过海天无际的寂寞。

偶尔于远处出现蒙蒙的山影，我会问：那是唐山吗？

我的故乡如生我之城，是海滨的城市。没有沙滩，却有数不尽的大小码头。最喜欢临近造船厂那一角小小的港湾，冬天水清碧蓝。有时是假日，有时是午后，与两三友好顶着北来的寒风，在岸边挥动手臂热身，而后跃进凛冽的海中，自由自在地游泳。难道，这不是少年的豪情。

夏日一来，更常是往海中抛下一个篮球，顺着海流游戏海中。如今也居住在一个海岛，而海滩竟成为望不可及。终日营营役役，梦中虽尽是海的蓝，海的召唤，竟不知醒后，何时始能重投海的怀抱。即使重投也是另一番滋味了。

想起海，我的心会颤慄……

何处是故乡

我常生起这样的困惑：何处是我的故乡？

一般而言，祖辈定居繁衍的地方就是自己的故乡，如果我们也生长于这块地方，以后即使定居于外省，甚至远去异域，也会魂牵梦萦，因她是故乡。但对于生长于异地异域的人，这故乡，常是空泛概念，既兴不起感情的涟漪，也唤不醒撩人的乡思。我们背负祖辈繁衍之地是故乡，仅因传统的观念使然。这点常引起我感情的困惑。

那祖辈繁衍的古刺桐城，马可·波罗当年曾惊叹于她的繁华，我也曾想把她深深烙入心底，让内心溢出对故乡的真情。但我始终没能做到，又不能不认这是故乡。像所有流寓异域的中国人，我们需要这血统上的北斗。

假如能让我选择，我愿说，生我的地方才是我的故乡。想起她，我会有别离的哀愁，重投怀抱的喜悦，梦见她，我会有儿时的欢笑。

从生我的那天起，那里的水已流入我的血液，那儿的阳光已灼入我的肌肤，那儿的山水、那儿的风物，那桩桩发黄的旧事，都已浸入灵魂。偶于市声已断、夜半梦回时即显现眼前，撩起剪不断理还乱的思绪，顿生迷惘无奈的乡愁。只有这种体验与追忆，它才是自己的故乡。

祖父由北而南，像移植的橡胶树，在那儿梗直地生根，终于朽成黑色的沃土；而我由南而北，去追寻春天，最终，又像蒲公英飘落在这弹丸的岛城。

何处是我的故乡？心灵说，就是那片生你的土地。是的，那是我心中的故乡。

然而，那扇大门已锁。即使捏着出生纸，只因血液中沉淀着黄河的精灵，那扇大门已锁。

我想沿着儿时的足迹，到祖父坟前献上一束鲜花，告诉他我北去南来所经的风雨；告诉他，我故乡的大屋虽还健在，但已非我住的屋变成医院；我想与儿时的玩件再玩一次五彩斑斓的斗鱼，听一听屋后橡树果爆裂的清韵。然而，那扇大门已锁。

祖父曾说，当年他买了张船票就到那里，而今我飞机也载不到那个地方了。血统上的故乡，空泛而遥远；心灵里的故乡，可望而不可即。我没有故乡的星宿。

坪洲梦

美好的总会留下记忆；失去的终觉得珍贵。

坪洲是香港最近的离岛，而它似乎离我很远，随着时间的消失，它只飘浮在我梦魂中和偷闲的回忆里。

七年前，我在那儿住过短暂的日子。

这是个很美的小岛。我住的一列平房，门开处对着月形的海滩，海水清冽。冬日里，沙滩上散落着只只小舟，冷寂地晒着无力的阳光，似乎在追寻着夏日的热闹。

顺着柔软的沙滩，攀上杂草没膝的曲折小径，小山上是一个直升机坪。再往右望，脚下是游艇厂，即将出厂的游艇静静地罩在早晨的雾气里，像待出阁的少女。

这里的小街短且窄，每家小百货铺，挂满着琳琅满目的货品，走在这样的街上得擦肩而行，这里常有外国游客穿梭其间。他们是寻求城市里已消失的宁静而来的吗？

生活在这样的环境中，没有急迫，而有乡间的情调和闲适。没有喧哗的市声，没有五彩的灯色，这里的华彩开放在每个人的双眼里，流动在虽是陌生然而友善的脸上。

夜过八时，整个小岛就沉落在透明的宁静里。那片宁静和窗外柔和的夜色，悄悄地带你走进平和的梦中。

生活在这小岛上，没有失眠。

搬来香港闹市之后，我怀念那没有失眠的坪洲的日子。现在我常常失眠，我想，是因为我失去了宁静。人生中有各种追求，而我追求的是安抚我灵魂的宁静，和那片静谧所带给我的诗意。

匆匆就是七年，竟然没能抽出一天余暇重新踏上坪洲，登上伸出海上长长的码头，在两边摆满了鲜虾活鱼的小贩中，听听如乡音般亲切的叫卖声。最好，能在那里住上几晚，找回七年前的相思，没有失眠的梦。

人生有很多的梦，一个破灭了又生一个，破而又生，生而又灭，织成了人生欢乐与辛酸的轨迹。但梦虽破灭，总会留下一点温馨，因此，人活着不能没有梦。谁能说，在无数的梦中，不能开出一朵花呢？

悼　笔

不见了一支笔，竟然为它一夜失眠，还掀起了绵绵的愁绪。

床上辗转反侧，想着曾在哪儿停，搜索着曾在哪儿用过笔的细枝末节。一天的行踪，尽如此一一在眼前细数，明知若丢失在外，即使让我记起遗落的地方，也是不能失而复得的了，然而仍痴痴地细数到天明。

第二天回到写字楼，翻遍抽屉，最后的希望也落空了，颓然如落魄的风。

竟然如祥林嫂逢人便说："我丢了一支笔。"

这是一支平凡的笔，在我如无价之宝。它的历史，珍藏着一卷长长的风景。

那是初恋情人的赠物。

人们都说，初恋是刻骨铭心的记忆。而初恋情人在茫茫人海中消失了二十年之后，又在异地的人海中骤然相逢，那是怎样的记忆？

那天相逢于闹市，漫步在海边，临别时，你从皮袋里拿出这支笔送给我，你说："你好好保存着，若不见了，我们的情也断了。"

这时，我们已不再是寻梦的十六七岁了。

但我们曾有过十六七岁，有过春天的梦幻，有过夏天的热情，也有过秋夜的萧肃、冬季的无奈。而后我北去，北去那落雪的国度，而你，你南来，南来这繁华的岛屿，瞬间，就是杳无音信的二十载空白。

是的，相逢又何必曾相识，刚拾起旧日的记忆，你又飞向遥远的南半球了。人生本就是无从追寻的风。

　　那支笔是初恋情人送的，在我们都不复年轻的时候。现在笔已遗落，纵使我买回一支，但，但那情也断了，丢失一支笔，我就如丢去不堪回首的历史，或许这是命运的奚落。

　　我为这支笔写悼文，是哀悼那颠沛流离的去日，或终究无着落的爱情吗？

桂花、桂花

　　每个人都有自己的偏爱，对于花也一样。

　　有人爱富丽的芍药，有人喜多姿的玫瑰。我喜爱的，总是花小、色淡、羞涩般缩藏在绿叶中的花种，如兰花、茉莉、夜来香、桂花。这些花不是洁白，就是淡黄，香气是淡的，却很悠长。没有了绿叶，它们的优雅即不存在，美也跟着消失。

　　对花的不同爱好，也许跟一个人的性格与修养甚至心理有关，这不是我所能解释的了。

　　去年，我有机会去了阔别二十年的上海。因时间紧迫，想见的同学、朋友、老师又多，行前一直拿不定主意：去不去杭州，重温当年的旧梦呢？假如去，预订回程的飞机票，就应是在杭州上机了。

　　摇了个电话给朋友。那里是她的故乡。她说："正是桂花飘香季节，怎能不去？"是的，"桂子月中落，天香云外飘"，怎能不去！

　　就这句话，唤醒了我一脑子的桂花香，不过这桂花香飘入我的脑海，沉淀至今日终未散去，不是在杭州，而是在姑苏城外。

　　那时正当少年，乘假日三位好友相约去苏州寻找唐伯虎的足迹。一帘无边的亮雨，轻轻柔柔地飘来，我们躲进亭子里，亭边一撮开满小花的桂树，就是它，把桂花香留给我一辈子回忆。

　　喜爱桂花香，也使我爱上家乡的上元丸。在香港，我常常上馆子吃芝麻汤圆，但总比不上泉州上元丸好吃，也没有那么"销魂"。

家乡的上元丸，馅有花生米、芝麻、冬瓜糖，又香又爽，更令我难忘的，是馅子里那阵不散的桂花油香。每当上元丸在我嘴里嚼着的时候，我的眼前就浮起苏州那撮桂花。现在想起年轻时的理想，也像当年的桂花一样，只留下香气，花已毫无踪迹了。

　　家人喜欢在花瓶里插上些从市场买回来的姜花、百合或供着水仙。桂花，市场是不卖的。

忏　悔

假如我能重新活过，我不会去生育儿女。

当父亲而不能尽责，不能给儿女感情上的慰藉，想到有一天，儿女离开身边之后，竟记不起爸爸曾给过他们什么值得珍惜的记忆，感情淡薄的如遥远的梦，一股悲哀就袭上心头。

我有几个朋友，结婚后发誓不生孩子，对于他们的洒脱，我总心存羡慕。

曾无数次跟已婚的朋友说，若不是一时错失，我绝不会有孩子。有人不信，我后悔为人父。

亲戚也曾几次劝我，再生一个吧。我总回答：这个女儿已带走了我太多的快乐了。小时分离异地，待她上学了，我却晨昏颠倒地为生活奔波。她上学，我睡觉，她放学，我已去上班，唯有那短短的假日，才能坐在一张桌上吃饭。我常常内疚地自问：我给了女儿什么？

年岁渐长，担心她误入歧途，落入无可挽回的陷阱；功课不好，忧虑她未来的前途。假如我没有这个女儿，我的生活也许不会侵入这些额外的忧虑。

记得少年时候，冬天里，在外野了一晚回到家里，父亲总端上一脸盆热水给我洗脸，让我烫脚。忆起这些，再想想自己的女儿，我何曾给过她父爱的温馨？

女儿初学游泳时，叫我带她去游泳。我答应，又因有事而失信于她，至今我还未与她度过一个充满笑声的假日。我知道她心中记得的，是失信的爸爸。

我在孤独中成长，在孤独中流浪，在这茫茫人海中，我没有兄弟和姐妹。我无法排解独子的寂寞。于是，我想到我的女儿，当她长大之后，有一天，突然发现在这世界上自己是孤零零一个人，她该会责怪我把她投入这孤独的人海。也曾想过给她一个弟弟或妹妹，但我能给他们幸福吗？能保证他们在成长中不行差踏错吗？我无能力去预测将来。

我忧虑她未来的孤独，但我希望她不会有父亲的悲哀。

不是好父亲，其实，不应该有儿女，向女儿忏悔该是我最好的解脱吗？

不堪回首

回到报社，台面上的邮件中有一件是福建华侨大学寄来的。封套左角戳了个红色的"世界通信年"印花。虽久不玩邮票了，但这个印花却叫我舍不得把封套丢掉。带回家里，与一些"文革"邮票放置一处收起来。

这本彩印书刊，从纸质到印刷都很精美。翻看着一张张清亮的彩色图片，而思绪却是灰色的，不堪回首的往事纷至沓来。

华侨大学进入第二届招生时，我来到中文系任教，此时暂借集美侨校上课。学生全是印度尼西亚、泰国、缅甸、马来西亚等国归来的青年，有不少学生比我年纪大。一次组队到泉州参加校舍的地盘劳动，排队领饭，竟被操勺分菜的女同学叫了一声："同学……"我有点愕然。原来我是"同学"，颇为能与他们打成一片得意。他们热情，脑海里充满没有灰云的光明，令我这位早了几年回国又看过"反右"运动的侨生，只觉他们天真可爱到叫你不忍心去揉碎他们梦境的地步。这种天真，是他们的动力，也是青春年少所不可免。我也这样"青春"过，浪漫过。我不足二十二岁，但"入世"较早，已不再有他们的"浪漫"情怀了。

翻到彩图"数学楼"。记起"浪漫"的故事。

华侨大学的第一届中文系学生。男的会钢琴，篮球打得甚好，家境富裕；女的是学校舞蹈队员。两人在相恋。

学校正批判"资产阶级思想"，组织同学参加"学习小组"。同学中的共青团干部不断做那位女同学的"思想工作"，说结束"恋爱关系"就是"进步"的表现。女的终于把"一刀两断"的话对男友说了。男方不知怎的又被叫到"保卫组"去。他在一阵训示过后，瞅了空，直奔数学楼顶越栏跳下，留下一滩腥血。

他的同班后来告诉我：他们几位较相知的同学凑了钱，给那个"看破红尘"的死者，修了个墓。

"文革"初期，也是数学楼，从二楼窗口跳出一个人，摊直在地下断了气。公安人员来了之后，校方含糊其辞地说"反革命"，也就不了了之了。最"文革"式的，是一个教师拉响了手榴弹，抱着女学生同归于尽——很不幸，那时我已流放天涯，正跑回来与"吊儿郎当"的学生团聚，听他们弹吉他，却偏偏碰上这件事，看到胸膛开裂的"壮举"。

现在，大概"浪漫"仍会存在，而那滩血或许不会发生了吧。

扫街人

入夜，中环就落入寂寞。白天里拥挤的人群，龟步的汽车，都消失了，霓虹灯彩和街灯也因寂静而无精打采，像看更老人打着瞌睡。

小巴沿着海旁大道飞驰，转入金钟站，旁边出现了一个熟悉的身影，消瘦的身子，一身黑色唐装污秽泥亮，干椰壳似的头顶，乌发卷曲，整齐服帖像梳理过一般。他高平举着右臂，像行纳粹礼，手里抓着一个不知装着什么的白色塑料袋颤颤巍巍地踢着碎步，有点像两脚不听使唤的醉汉。

今晚在这里一闪而过地见到他，真有点惊喜，也觉得意外。

茫茫人海中，他是唯一给我留下印象，有几次且叫我惦记起来的陌生人。

报馆未迁移之前，每晚下班后，总是横过皇后大道西，到电车站去搭车，就在皇后街拐角一座旧楼的骑楼下总看到他，那间瓷器店的门槛，是一块光滑的大石板，这就是他春夏秋冬度宿的眠床。

他像乞丐，一身不换洗的黑衣和石板上肮脏乌光的破包袱，都像乞丐；又不像乞丐，那头整齐和不见长的黑发，似乎用心地打理过，这和街对面那个很不一样，一头长发乱麻般地缠结在头顶像个大蜂窝，一看就看出他是个乞丐，而且神经已不正常。

我会惦记起这个陌生人，因为每晚十点过后看见他，他总握着一把短扫帚，把那条长廊由头至尾，扫得干干净净，最后又将垃圾和油黑的尘土，兜起放进旁边的垃圾箱里。

在通衢大道，在长街短巷，在白天或夜里，看到过不少乞丐和神经汉子，没有一个像他，总不忘在一定时间里拿起扫帚清扫垃圾。早了他坐在石板上抽烟，自得其乐地吹着烟圈；迟了，整条长廊已清扫得不留一张纸片，总在十点过后，就看到他弓着身在扫地。很像日落后刚从田里归来的老农，停不住手又抓起竹扫，扫他窄小的庭院。

失去家之前，他是做什么的呢？每见到他，他天天不忘扫地，自见到他，就想揭开这个谜。我常常想：这似乎已成了习惯，以前一定是个勤快的人，他又怎么会沦落到今天的地步？至今我仍旧想读通他的历史。

偶尔有几个寒夜，车从那间瓷器店经过，不见他的踪影。我以为他死了，今晚突然车上一瞥，他仍然活着，但比一年多前失常了，我的惊喜，瞬间变成悲哀，融入茫茫夜色。

报摊闲话

街边的报摊，始终是我兴趣不衰的焦点。

从街边走过，我喜欢在花花绿绿的报摊驻足，更喜欢与熟悉的报摊主人聊几句。慢慢积累的经验，使我一眼望去就大体知道一些刊物的兴衰、畅滞，也甚少失误地就可判明一本新出杂志的命运。

这种兴趣，与八年前当一家文艺性杂志编辑有关。

当年杂志出来了，老板很紧张地叫我去各报摊看看，还叫我都买上一本，问问销售情况。过了十天半月，稿都发了，抽空再到旺区聚脚处的大报摊前望望，看看杂志卖了几本，发现原来放在当眼处的杂志，都移动了位置，压到别的杂志的后头去了。我这有心找的人也花了好大眼力，才在密密麻麻挂着的各色杂志群里，发现它费劲露出一角的刊名。

我才知道报刊摆放位置的学问，难怪一些报纸送上刻上报名的塑料条板，给报贩锁报了。

一天夜里，路经铜锣湾的一家大报摊，与主人聊天。他告诉我，有一个人出了本杂志，叫他在当眼处摆一个月，给他五十元报酬。

"五十元？五百元还差不多，不是不帮忙，好卖的没理由不放在显眼地方。"报摊主人说。

还有这样的事，又长了点报摊知识。

前段时间，娱乐杂志争相出版，有一份初时坌得尺把厚，过了些日子也瘦了下去，报摊主人也不把它放在"黄金位置"了。

近日来，有位朋友想出本消闲刊物，读者对象是女人。我就问了问妇女杂志的情况，他说："不行了，买的人少了很多。"再看看那份知名度甚高的刊物也已缩为次等公民，难怪雄心勃勃的朋友会说"那种内容已过时了"，想起而代之。

老牌名牌刊物，也真有点像人，老态了，失去了活力，也就没人追求，甚至位置也调换了个地方。

时间是人的镜子，报摊可说是刊物的镜子了。

看　稿

近日工作的一部分，是读学生稿。有朋友问，好端端的两岸传真版不编，却跑去看那幼稚的学生文章，烦也不烦？

读学生稿当然烦，一天十篇，看不胜看，改不胜改，不过也自有乐趣在。

一些文章，抒发他们离校在即频频回顾去日的情怀，我不觉间为其感染，眼前脑海也就浮现起自己学生时代的影子，就有乐在其中的情趣。

这些文章，字都写得工工整整、清爽悦目，说真的，比看那些写稿匠的"鬼画符"，自是省却了不少眼力。

有一位投稿人，在公文袋的四周，用中英文写满了"机密""重要"的字眼，中间还加上一句："编辑先生，你要认真看，我写得好辛苦啊！"还未读他的文，我已为这位后生的可爱感染了。还有一位学生，说她临近会考，日夜练字，争取在答卷时，多拿几分，要我回答这位"午夜练字人"，她的字写得怎样。在一些人眼中可能觉得这些是"无聊"玩意，在我却偏爱他们的纯真。对着这些或许幼稚然而不乏童真的文章，已老去的心境也变得年轻起来。虽烦，烦得有代价。谁能预料，他们中不会生出个作家？

这些感受都是乐趣的来源，是看其他稿件所不能得到的。

信

有信自远方来，总是高兴的。若很久没收到信，每次出门或是回家，都要多走几步，到信箱里探一探头，看看是否有信等着我。那种若有若无的期待，在单调的生活中也是一种乐趣。

虽然收到的信，带来的不一定是快乐，有时还会是担忧和不安，但信中总不缺少一份关切、一份浓情，那轻声浅语的叮咛，有无限的温暖。

写信，向来不敢偷懒，有时仅有的一点休息时间，推翻与妻女事先的约会，坐下来回朋友的信，还遭到妻女的埋怨："你就只记得朋友的信，几个星期也不陪我们。"我只好投以无奈的傻笑。

近日收到好友的信，他说："在你们那儿时间就是生命和金钱，不过对朋友不可太吝啬写信的时间。"

对于这种责怪，我无半句怨言，我知道他珍惜这份情谊，他一定也在信箱前失望过无数次。

又一位朋友来信说："施先生处你也没信去，我碰到他总问起你。"读到这样的信，虽是平淡一句话，我总感动得要落下泪来。一位八十岁的长辈，在远方以带病之身还惦挂着海隅一个无能的学生，这岂是歉疚所能宽宥！一个人活在世上，只要还有一个人在关心，在惦念，他也就不会活得贫乏和空虚。

古人说，有朋自远方来，不亦乐乎。我却觉得有信自远方来，不也一样不亦乐乎吗？

信虽然只是薄薄的纸片，若没有它，人间会失去多少温情？所以，我珍惜每一封信。

泡　茶

读到台湾诗人王禄松的一首小诗，短短四句：

> 在一只透明的袖珍池塘里，我撒下一把小小的鱼苗；它们
> 泅游着，吻金了一池秋水然后沉到池底去歇息、寻梦。

你道写的什么？养金鱼热带鱼吗？不，写的是"泡茶"。很多
人都在家里或写字楼泡过茶，看过茶叶在热水里浮起，茶色渐浓，
茶叶也慢慢地沉下杯底。这也真像是一尾尾活泼的小鱼，浮起吸
氧，潜下觅食。把茶叶比喻成小鱼，生动极了。这个比喻，自然地
使我联想到美国诗人桑德堡把雾比喻成缩起脚爪的小猫那首小诗，
两者都以人们熟悉的小动物作喻，给人以生动深刻的印象和可感可
触的美感。

读到《泡茶》这首小诗，所引发的不是关于诗的种种，而是泡
茶本身。

江浙一带的人，都喜欢喝绿茶，有客来访，他们就会在玻璃杯
中放下龙井或碧螺春。泡上热水，端上待客。

闽南和潮汕人，喜欢喝的是乌龙茶种的铁观音、大红袍、水
仙。讲究喝茶的人家，有客人来，都会端出一套精致的茶具，泡
"工夫茶"与客人分享。

前年去上海，偶遇已移居福建二十多年的散文家何为。这位上
海人，不但在福州习惯了喝"工夫茶"，连出差远行，也带上一套
工夫茶具。使我惊喜地在他乡喝到外乡人调制的工夫茶，确成了回

忆中一件美事。

在我喝过的茶中，最特别的应是茶叶茶了。那无聊的十年中，有一年我下放到潮汕地区的一个小村，住在一家善良而贫苦的农民家中。

他端出来待客的就是茶叶茶。炒过的白米、花生末和茶叶混在一起，泡上热水，再放上一两片翠绿的薄荷叶。与茶叶茶同时上的是一双筷子。喝茶有叫吃茶的，这是真正的吃茶了，连茶叶一起吃进肚里。那位慈祥的老农妇，一直盼望有一间石筑的新家，她的梦不再是梦了吗？

雨花石

突然想起雨花石。

两次打南京走过，一次没带地址，一次是严寒鞭打我的脊背，只匆匆车上的一瞥，望不见雨花台。

没见过雨花石，但我早知道了雨花石的美名，见过了雨花石的彩图。雨花石玲珑剔透，斑斓多彩，有的如啼血的杜鹃，有的像一抹绚丽的晚霞，有的是水墨的山谷流泉，有的似一幅烟雨峰峦，有的是雨后彩虹⋯⋯

夏夜一场骤雨，瞬间马路成了溪流，开出了朵朵花，五彩的霓虹灯给它染上斑驳的华彩。这时，那开在急急滚动的溪流上的雨花，在我眼前幻化成了雨花石。

听说，你想寻觅到珍贵的雨花石，是下着滂沱大雨的日子。这大雨在马路上绽开的雨花，就是我要寻觅的雨花石吗？

假如有一天，登上雨花台或石子岗，我将把带回的雨花石，养在水中，我虽禁锢，但我在雨花石中，寻回一抹晚霞，一泓山谷流泉，和不落的彩虹。

乡愁是一盏灯

那天夜里，谈得很开心。几年来，我们第一次，三个同学坐在一起，谈往事，说文学。你已是个商人。你说："我每晚睡前都看会儿书。"在你的床头，在客厅的沙发上，我看到过不少新杂志，还有那两架书。

谈到同学，一位已经很出名的剧作家，美国邀约他前去开戏剧讨论会的事。你说："我相信，我们的同学，绝不会投奔'自由'。"是的，我们不少同届的同学出国了，有的现在还在外国讲学未归。在香港，我们曾那样热烈地相聚。

我提起他的往事。还是个少年，他离开香港的家，到冰天雪地的朝鲜，他准备为祖国献出自己的生命。

我说："像你这样的人很少了，我相信我能理解你的心。"或许我挑动了他尘封的心弦，他骤然沉默，低下头。从侧面望去，我觉得他虽压抑着激动，眼球好像胀了，有点濡湿。

他太太没插话。我想，她的平静，是因为，她没有体验过我们投入祖国那种烧灼心胸的感情。我们拂不去少年时的梦痕，珍惜年轻时的热情。细细地检视每一片心瓣之后，竟有那么痴诚的烙印，时不时从心中浮起，放大，胀得心疼。

假若没有刻骨铭心地爱过，假如人到中年，心中不再执着地保有年轻时的爱恋和热情，不会因淡淡的一句话，挑开你的泪泉，抹亮你的记忆。你压抑住的泪，也不会跃入我的心，翻起一眼的红丝。

没有声音，不见泪落。我却觉得比大雨更滂沱，比倾泻更深沉。你是否也像我这样感觉？

你依然爱着你少年时的憧憬，在天的这一方。

你的梦还没有死去，以另一种形式投影于你人生的道路上。

你的乡愁是一盏灯。

闲　话

　　几乎所有活着的人，都认为闲言闲语不好，其实亦未竟然。

　　世界上最讨厌的东西是什么？是闲话！

　　世间最可爱的是什么？也是闲话！

　　我们活着的人世，假若没有闲话，就不可爱，也不热闹了。

　　低头看看自己，环顾周围的朋友，听听左邻右舍的言谈，翻翻报章杂志，都离不开闲话：道人长短，论人是非。有的人背后说犹嫌不足，还马上"专栏"，一些不知内情的人读后，又来一番闲话，当成话柄评说一番，于是猪朋狗友也好，酒肉朋友也好，知交死党也好，也各在自己的"范文认可区"，或助骂或洗刷，或借题发挥，或火上添油，于是乎，热闹非凡，可爱的读者大呼过瘾。当然，文字都来了点装饰和曲笔，虽不形现却已言传。

　　我就常听到一些熟悉内情的朋友，给我"通风报信"，也禁不住成了可爱的读者，也禁不住在"范文认可区"换回几元买烟钱。

　　文艺爱好者，虽高雅也一样未能免俗，文坛一旦论战开火，爱好者们即擦亮眼镜以待，就像观看烟花般雀跃。几年前"星星月亮太阳"的论战，最为壮观，现在也还有些人津津乐道当年的战绩。

　　这正是闲话可爱之处，可换钱，可磨嘴皮，可比消息灵通，更可比高低上下。闲话是世间最不费劲、最可消磨时间的玩意。

　　世间若没有这种闲话，会变得寂寞和冷清，谁又受得了！

　　人人喜欢闲话，又人人怕别人"闲话"自己，谁都喜欢"闲话"别人，唯独受不了别人闲话。

　　闲话能伤人，也能益人，恶的闲话伤人，善意的闲话益人。善意的闲话经恶意的传达，变成伤人的闲话；恶意的闲话经善意的传达，可变成益人的闲话，关键在于传达的人和听的人自己。

　　我们都活在闲话之中，既快活又苦恼，因此你活着。

话说是非

空闲时，也喜附庸风雅，翻翻画册，读读印谱之类，虽不懂的时候多于陶醉的时候，似乎也心甘情愿地"衣带渐宽终不悔"，乐在其中。

曾经读到"红楼百印斋"主人王少石先生的一副对联，很喜欢，玩味之余，禁不住要告诉朋友，像发现什么好东西，也希望朋友分享一份快乐一样。这副对联是：

且喜客疏是非少，
但恨人忙谬误多。

"是非少"相信是人人所希冀，"谬误多"则人人所不愿。"人忙"必"谬误多"，大概没有人有异议，"客疏"就一定"是非少"，则大可商量。反观我们生活的周遭，"客疏"的人，不甚喜欢交际的人，或不愿多话的人，是是非非，闲言闲语，也难绝于耳，甚至未知及身之祸由何而来的。沉默未必就一定是福。

假如我们把视线收窄，看看"文化"的大千世界，似乎又可发现这样的妙境：人忙读书少，客疏是非多。所谓忙，并非不得已的身兼三职的忙，而是忙于交际，忙于巴结讨好，以为从此便可名满文林，其实不然。这种忙法的人，势必是读书不多，书而少读，议论虽多，却常常多而无当。

这种人，到头来座上也并无几个客，虽然如此，而关于他（她）的"飞短流长""评头品足"却源源不绝，故而，客虽疏而是非则不见少。原因就在于频频的交往之中、议论之下，认识更多的人也露出了自己更多的短。

相识满天下，名则名矣，一过磅，不但未见增加分量，反而比原先掉了些斤两。从中，大概也可以隐约看到爱因斯坦相对论在生活中反映出来的妙趣。

沉默虽未必是福，寡言的人，有一个好处，就是让人看不透，不知道他有钱无钱，腹中有多少货色，还击会有怎样的力量。武侠小说的人物，蒙面，不语，扎马步而待出招，成了"英雄人物"，或许就因他摸不透的神秘感使然。上说种种矛盾中，如何选择以独善其身，则很费思量了。

古剑过瘾

　　朋友到家里来，翻着书架上的几本画册，见扉页上都盖上同一个印章，问我："你的藏书印，为什么不叫'古剑藏书'，而叫'古剑过瘾'？"

　　我说："我没有条件做藏书家，买书不为收藏，纯为兴趣，顺手买来，有的看了，有的翻了翻，有的连翻也没翻就上架子了。书买回来是为了过瘾，自我安慰。"

　　说的是实情，但其中还有点颇值得一记的"风雅"。

　　那年飞上海，住在同窗好友沙叶新的家。同学时，我们常结伴去静安寺、福州路逛旧书店，他买的多是古典文学和杂书，我买的多是图书馆不出借的现代作家著作，比如徐志摩的选集、诗集。

　　因为他知道我爱旧版书甚于新书，这次住在他家，特意从书柜搬出来十几本旧书来，说要送我，任我挑选。其中有一本《赵云嵩诗选》，封面上有大画家徐志鸿亲题："赠新城兄过瘾"数字，读到"过瘾"二字，觉得很新鲜有趣，颇俗的字变得雅起来。以前是不懂得这样用的，自有一种惊喜。

　　此时，名满东瀛的青年金石书法家吴颐人兄，说要刻几个章给我，我就要他刻了一个"古剑过瘾"。

　　当我得到这一石章，颐人兄还以汉简书体刻边款云："古剑过瘾此第二稿也。"因"过瘾"与我对书的心意相合，颐人兄又精心刻治，情深款款，所以我对它尤为喜爱珍惜。

　　每当翻开书页，我就拿起这一印章，压在沙叶新送的金字印泥上，而后端正正地盖上书页，鲜红的方印就跳入眼底。此时一股汩汩的友情，就如暖流荡漾心间。

　　朋友中，有的君子之交淡如水，有的情深浓似血，有的只是生命历程中的匆匆过客。无论哪种朋友，都是个人生命交响乐的一个音符。没有这些音值不同的音符，就编织不成属于自己的歌。

书名小议

有位哲人说过，"眼睛是灵魂之窗"。书也有它的灵魂，因而书名也该是书的灵魂之窗了，虽然书名于书的重要性，人人都知道，但好的书名却不易求。

近日有三位朋友，准备合出一本诗集，数度斟酌，几番易名，都拟不出一个理想的书名。"三人集"太平庸，"三诗草"未有新意，最后定名为"铜钹与丝弦"，虽不太一般化，也多少透露了三位诗人的风格特征，但中间一个虚词"与"字，似乎又冲淡了语言的诗意，不够简洁浑成。据说，这一书名，他们还是不满意，但又找不到更好的。可见好的书名，也是一种创作，一种艺术，并非唾手可得。

为求书名而苦恼的，在老作家中也存在。著名作家孙犁就曾这样表白，他说："为一本书命名，比为一篇文章命名，还要难一些。一篇文章，在写作之前，成竹在胸；在初稿完成之后，余音犹在。起个名儿，写在篇首，还容易些。如果一本书，把一些最难的文章，汇编起来，立个名目，就常常使人'一名之立，旬月踌躇'了。"

这又可见为书命名之不易。

作家虽经"旬月踌躇"，终于为书立了名，是否就能为书生色，赢得读者的喝彩呢？也未竟然。孙犁在一篇后记中就这样说过："'晚华'二字，本来名副其实，有人嫌其老，我为酬答这些同志的美意，第二本集子，就起名'秀露'两个字，有人看了又嫌其嫩，说是莫名其妙。"

为书命名已难，要赢得读者的喝彩更难。但在浩如烟海的书籍中，也不乏闪烁智慧的书名。远的不说，余光中的诗论集《掌上雨》，就深得我心。这本集子大多是台湾现代诗论战的文字。不必去追求诗人典出崔颢"仙人掌上雨初晴"的寄意，读者读完这些论战文字，会产生自然的联想：握管为文，参与论战，其间风雨出之掌间。深感书名意象蕴藉，余意无穷。刘以鬯的《看树看林》，也是有深意的好书名。

　　书名是艺术创作的一部分，好的书名，既要概括又要含蓄，既要有深意又要有余味，确是不易。

叶圣陶先生的信

数月之前，曾受命策划教育版，虽再三婉辞，最后还是接受了。

自知能力有所不逮，既然接受下来，也只有勉力为之。于是作此设想，即是教育版，若能请得教育名家为版头题字，必可令版面生色，也可使读者有亲切之感。

我想起了老教育家、老作家叶圣陶先生。几年前，坊间曾翻印过他的著作，中学语文课本也选用了他的作品，教育界人——从教师到学生，相信没有不知叶圣陶先生的，他当是最佳的题字人。我也就抱着碰碰运气的心理，贸然给叶老发了一封信。

当时也抱定这绝不会有结果的心态。叶老是名满海内外的老教育家，而求字者是海外的无名小卒，兼之过往又未有过任何形式的交往，且无人引领，照常理，此事石沉大海是必然的了。

但没过多久，收到了叶老自北京寄来的信。现将信文录于后：

多年以来，朋友们嘱我写张字，或者写个书名刊物名，我总是一口应承，勉力写就交去。到了近两个月，我自信再不能写毛笔字了，现在把情况说一说。

白天开了桌灯，戴上眼镜，左手拿着放大镜，用钢笔或者圆珠笔写字，还可以成为款式，不必重写。写毛笔字可不然，不拿放大镜，落笔没有数，往往写出怪字来，譬如写个"大"字，中间的一划一直有时写到了方框的外边去了。拿着放大镜也不行，镜要移动，笔要醮墨，结果字跟字不贯气了，大小也不匀称了。说也惭愧，写个书名至多不过十个八个字，一遍写不好，再写一遍，写上几十遍，竟没有勉强可以满意的。近两个月间经常遇到这样的情况，心里烦恼，身子疲累，深以为苦。

我不得不抱着甚深的歉意向嘱我写字的朋友陈诉：我实在不能写毛笔字了，辜负雅意是出于不得已，倘蒙原谅，不胜感激。

没有收到字绝不遗憾，这封信使我受益更丰，它让我明白，我们应该怎样做人。这点或许是叶老始料不及的。

很"国粹"的夜晚

我的一位同学是位好客的人，又由于他太太烧得一手湖南口味的小菜，若有同学出国讲学路过，或因公干居停香港数日，他总会招待相聚，举杯共话别情。

近一两年间，就这样与阔别二十多年的几个同学，度过几个愉快的夜晚。

一天，他又打电话来，约我晚上到他家里去。

才进门，就见到了那位已升任北京语言学院院长的同学，旁边还有两位头发已花白的老先生。

其中一位，身材高瘦硬朗，架一副黑框眼镜，留八字胡，嘴角流露着和蔼的笑意。经介绍，原来他就是著名的语法学家张志公先生。

读中学时，文学与语言分科，所学的语法课本就是张志公先生主编的《汉语》。我有限的语言知识，便是从这里学来的。

没料到二十几年之后，竟在香港见面，谁道不是人生何处不相逢！

张志公先生健谈，风趣，豪爽。年轻时二十两大曲下肚不醉，还能送醉倒的酒友回家。他说：喝酒有三阶段。话多了，是第一阶段，此时头脑放松；频频举杯邀人干杯，说话时，舌头有点打结，这是第二阶段，头脑是继续放松，这却不要紧；第三阶段是头脑完全放松，已失去控制能力，心脏慢慢衰弱。"我有次就进入第三阶段，打针急救才活了过来。"

酒一杯杯下肚，张志公先生听说我这位同学是湖南人，即放下酒杯，红着脸，摇头晃脑地以长沙话吟唱起《沁园春》来，有板有眼，很有味道，甚是好听。

"像极了，像极了。"女主人说。

坐在一旁听得入神的张寿康教授却煞风景地插一句："你看！你看！他进入第一阶段了！"引来满桌大笑。

酒足饭饱之后，更有余兴，张志公先生在沙发上挺直腰板，来了一段《打渔杀家》。

酒，吟诗，京戏——就这样，消磨了一个很"国粹"的夜晚。

分水岭上

在这框写了十几天，有朋友打电话来："你写书评……"我马上堵住他的话："不，我不是写书评，我只写书介。关于评书，我看有三个层次：一是书介，大略告诉读者一本书的面貌；二是书评，这是介绍书貌，侧重于评论；三是书论，即对书做深入的研析，评断其价值。书评，书论，我都不够格。"引说这点，在于说明，我写书介，事如写马经者写马的状况之类，给有兴趣读书的朋友一点"贴士"而已，只可作如是观。

介绍了《艾青论》，我又想不偏不倚，想"兼容乃大"（一笑）来介绍余光中教授的《分水岭上》。这是一本文艺评论专集。未介绍之前，再说几句闲话：大陆诗人与台湾诗人，有诸多不同，这里只提一点，大陆诗人一般很少兼职评论家，台湾诗人，大都两者兼得，诗人深知创作之奥秘，反转过来去评论诗人诗作，一般会比没创作经验而只有阅读或鉴赏经验的人，去评头品足更具感性和切中要害，余光中、痖弦、罗青于我看来就是这样的诗人兼评论家，大陆诗人偶有兼职者，其论述又有不及台湾诗人的深入精细之感。

余教授给书取名，有如给他的诗取名，往往都带着深意，不喜"一目了然，尽览无遗"，《分水岭上》是书中一篇名，是余光中对自己文艺观的剖白，其中观点或与以前有"分水岭"之别的暗示，主要是此书专收评论，不似昔日集子，抒情散文与评论兼收并蓄，以"分水岭上"名之，表示从此"阴阳一割，昏晓两分之意"。

《分水岭上》所收文章，既评新诗也说古诗，既说散文也评小说，既论英美诗，也论中文西化问题，无论哪类文章，看似信手拈来，都是深研之所得，为文议论，旁征博引，见解独到，令人佩服。余教授的评论，既阐明所论诗文之内涵，但尤侧重于艺术性的细缕详剖，分析过程中引古征洋，举出相类诗文，详加比较，始作高低得失的结论，给读者诸多启迪，与大陆文评相比，这点是大陆所不足的，因而可以给我们打开另一个窗户，去窥探文艺评论的要领。

余教授的文艺评论的语言，一如他的诗，极重视纯（不西化）与文句间交错的节奏感，以及新鲜活泼的比喻，这是很多评论家所不能及的。

吟唱的流沙河

　　读到流沙河的诗，是 1956—1957 年间，他的《草木篇》中的《白杨》《藤》《仙人掌》，和写北京的一些小诗，如《火柴》《北京火柴》《眼睛》等，浅白的语言，深含的寄意，悠长的诗味，一直留在记忆里，有很好的印象。去年，他寄来发表在《诗刊》上的一首长诗，我坦率地告诉他"这不是你"。读到他刚由上海文艺出版社出版的《流沙河诗选》，最初的印象没有改变，他的短诗比他的长诗好。

　　流沙河最初写小说，是"写不成小说才写诗"的。1957 年他成"右派"之前，出版过《农村夜曲》（诗集）、《窗》（短篇小说集）、《告别火星》（诗集）、《流沙河诗选》是他的第四本著作，也是他从 1949—1981 年的诗歌筛选集。

　　这本诗选，大体上可以看出流沙河的诗歌，受到古典诗词和民歌很深的影响，如《七夕结婚》："往事十年话沧桑/骊山上/勿相忘/悲酸万种此夕化为糖/忽听邻鸡争啼晓/语切切/泪双双"，就很有点苏轼《江城子·乙卯正月二十日夜记梦》："十年生死两茫茫，不思量，自难忘。千里孤坟，无处话凄凉。纵使相逢应不识，尘满面，鬓如霜"的况味，句式和韵脚也相仿。在诗语的运用上，流沙河喜欢用五七言句式是很明显的，这也使他的诗歌有吟唱的味道。

　　中国大陆诗人，写过很多歌颂北京的诗，流沙河在北京文学讲习所学习结业，离京前夕，写了《北京火柴》："一个朋友/在告别北京的前夜/买了一盒火柴/不是为了吸烟/他要把北京的光带回去/照亮小小的乡村土屋。"这首诗很浅白，但"火柴"的意象，火柴、北京、乡村土屋的关联，使整首诗有很大的容量。表现这一意念，流沙河选取了一个很新的侧面角度。集中共收长短诗一百四十首，刻下他诗歌创作的年轮。近几年来，流沙河一边编诗刊《星星》，一边写诗，一边研究台湾现代诗，已发表了的《台湾诗人十二家》，获得好评。侧闻台湾诗人羊令野读到《做梦的蝶》一文，称道流沙河对他的诗所做的批评很有水平，还说流沙河的古文学底子很好云云。台湾诗人中，流沙河特别喜爱余光中的诗，认为他是"把中国旧体诗传统同西洋现代派相合，表现得很好的一个"，这与台湾诗坛称余光中为"诗坛祭酒"是一致的。

在研究台湾现代诗之后，近年他于《中报月刊》发表的几首诗，已见诗风有了明显的转变。

集中的《流沙河自传》一文，详尽地记录了他的悲欢与泪痕及创作上的追求，是一篇感人的文字。

书简情怀

　　书简，是散文的一个品种，其实也不仅仅是散文，比如有书信体小说、书信体论文，不过这类"书简"，诚如鲁迅所说，作家虽掩不住自己，但总是加了藻饰，有了排场。作家书简，比之他的创作，是率意而为，藻饰自然少了，因而比看他的作品更能看出作者"明晰的意见"，即作家的思想和为人，因而作家的书简也就成了他自己的"简洁注释"。这大概是作家书简为读者所注意的原因。

　　《现代作家书简》，1935年孔另镜所编，鲁迅作序，生活出版社出版，收有五十八位作家信函二百余件。数年之前曾见本港有过翻印本，销数如何不得而知，多走了几次书店，以后不再复见，或者如鲁迅说的，"日记或书信，是向来有些读者的"缘故吧。

　　重拿起新版的《现代作家书简》，读到孔另镜夫人金韵琴如下的话："在十年浩劫中，另镜惨遭害，含冤去世，此书也同样遭到厄运，被毁得无影无踪，搜购不得。最后在香港中文大学朋友的帮助下，才买到香港的翻印本。"不免感慨，觉得此书得之不易，唏嘘之余为文介绍。

　　作家书简，确有助于较真实地了解作家的全貌，即作品之外作家生活的真实情态。从沈从文的作品中，可了解他的敦厚、敏感，从书简中，可窥知他的热心和良善。如当时上海文坛对施蛰存有所不利，施陷于苦恼之中。沈致施信中写到"即一时之间，难为另一方面友好的谅解，亦不妨且默默缄口，时间略长，以事实来做说明，则委曲求全之苦衷，固终必不至于永无人知也。弟于创作即素持此种态度，不求一时即面面周到，唯老老实实努力下去，他方面不得体之批评、无聊之造谣，则从不置辩，亦不究来源，亦不亟图说明，一切皆付之‘时间’，久而久之，则一切是非皆已明白，前之为仇者，莫不皆以为友矣。"良善、豁达、热情，跃然纸上，时间也证实沈从文的正确。

再如戴望舒赴法留学，每月七百五十法郎，都由施蛰存筹划。一次施的信中说："你究竟肠病如何？我疑心你是借题发挥，大概你的肠病不会使用到七百五十法郎吧。但我要警告你，以后真病打电报，否则不要说生病，吓人一跳。"摆起架势的"警告"，真心直说的"唬人"，透露了朋友间的真挚友情，令人莞尔，也叫人感动。《现代作家书简》中类似的精妙之处小胜凡举，你若想读真正的情书，可读庐隐的书简。

伤鹏之旅

聋人是孤苦的，我记起君默兄一篇《只是因为寂寞》的小品，写的是聋人因孤独寂寞而自杀，因孤独寂寞而做出傻事。但他们有一颗善良的心，一颗寻求世人了解而不甘世人冷漠的心。

伟大的音乐家贝多芬，当他聋了之后，一个来访者告诉他，要将他美好的灵魂告知万千大众。只一句话贝多芬眼里滚下泪珠。他慨叹："一个人到田野去，有时我想一株树也比一个人好……"他感到与世间隔绝的悲哀，把自己比喻为一座峰岭已倒落了的火山，但头颅在熔岩内燃烧，拼命巴望挣出来。

聋人虽是孤寂的，但聋人中不缺乏挣扎自强的意志，说这题外话，是因为我手头有一本诗集《伤鹏之旅》，作者泛音，是一位年幼失聪的小姐。她并未屈服命运的安排，一直以顽强的意志，反抗命运，追求生命的升华。她终于在诗国里找到快乐，从十六岁起，她就以读诗写诗来排遣寂寞，以诗去寻求沟通。在她当工人的日子里，她并不满足于现状，她渴求像正常人一样，希望通过努力，一级级地去攀登人生的阶梯。自小她爱诗之余也爱绘画，自她跟随画家张霭维学画之后，大有进境，据张老师说，她现在已是广告公司的设计师。

我深为这位失聪小姐的毅力和自强的精神所感动，因此，也对她的诗集《伤鹏之旅》发生一读的兴趣。

泛音在序中说："无论健康还是有缺陷的人，都该明白，唯有时常接受挑战，人生才会变得更丰盛及多姿多彩。"她的《伤鹏之旅》，是她在寻求突破自己命运和向命运挑战的一段旅程之记录。

诗集收录了她十六岁至二十四岁的诗作三十七首，一些诗章还附有她绘制的插图十二帧，诗后附有散文两篇。封面和封底是两张石膏像素描。其中《手语》曾获"工人文学奖"季军，《小王子》曾得绘画比赛冠军。诗集中无论是诗或画，都可以看出她进步的足迹，虽然离成熟还有一段距离，但不可忘记她是在寂寞中自学走过来的。

《小鸡的突破》是一首相当成功的诗作。这首短诗，形象地抒发了伤残者渴求突破命运囹圄的心声：

　　　　不能被这圆浑的粉墙
　　　　它底封固的形象
　　　　囿于斗室
　　　　徒然卧睡在里面
　　　　聆听时钟一滴一答
　　　　往来复返地踱圈子

　　　　豪气回荡于我体内
　　　　我底心在隆隆作响
　　　　我要——以逐渐积聚的潜力——突然
　　　　从白壳里走出来
　　　　抖擞一身金黄的羽毛

我喜爱这首诗。意象鲜明，比喻鲜活。正因她有"隆隆作响"的心，她终于突破命运的粉墙。我是为泛音的意志力所感动而写下这几句话的。

倪 匡

　　他人描绘倪匡的文字读过不少。照片上、电视上，甚至影展上也看过不少倪匡的影像。因此，他问张文达兄，我"好像对他很熟"就不足惊异了。

　　当然，他给我留下最深的印象，是那副顽童般的笑脸。他笑起来，眼就迷成一条线。张大嘴巴露出一列白齿，笑得很彻底，可说"肆无忌惮"，甚是可爱。

　　那晚，约他在上海馆子"老正兴"吃饭。杨零兄与我算是主人，还请张文达兄作陪，一台四人，都是"上海帮"。（在香港，说吴语的，甚至说普通话的都被称为"上海人"，我在上海呆过四年，能说普通话，"阿拉""侬"之类，也还能凑合几句，故也算"上海人"）

　　七点过五分，倪匡、文达同时从楼梯口冒出头来。即是说，他迟到了五分钟。这时，我想起他曾对人说过的话："对于任何约会，应该有妥善计划，把可能遇到的阻碍计算在内！"原想"质"一下，因是初次见面，不便放肆，加上在我约会规条中，迟到五分钟不算迟到。我讨厌不守时的人。在我看来不守时的人，也是不守信的人。倪匡在这点上和我应该有"共同语言"。

　　张文达从脸色到举止言辞，都是文质彬彬的书生风范，而倪匡这位名作家如他自嘲——"不文不武，不知是什么"，与张文达兄是两种类型。他豪爽干脆，凡事不拖泥带水，快人快语，说起话来"百无禁忌"。比如叶锦培给他拍的那张传神的人像，他喜欢得不得了，却这样对我说，"以后挂在灵堂里正合适"。一般人大概不会这样爱法，也不会这样说的。这就是倪匡的顽童本色罢。

那天在他的书房里，他送了一本刚出版的《活俑》给我。接着问："我的小说，你真的一本也没看过？"这也只有大孩子才这样直率。

初识倪匡，他的率直，与文达兄的真诚，一样感动我，给我好感。

人间有情相忆长

收到那封信之后，几天来一直心神不安，总盼着，叩门的是那随和的平头邮差，递过来千里外一封报平安的信。而门外，尽是嬉戏的风。即使邮箱，也寂寞地咬紧那把锁。

半月前，刚读到他的一首七律：

荒漠归来赋恼公，管城三寸尚能雄。
灵均愁瘁何人识，曼倩诙谐取自容；
大地山河棋一局，弥天风雪酒千钟。
撑肠芒角难消得，付与攒眉苦笑中。

这首诗，虽然是读聂绀弩旧体诗集《三草》后的读后感，但也如鲁迅所说，"就是在《文学概论》上有了名目的创作，作者本来已掩不住，无论写得是什么，这个人总还是这个人，不过加了藻饰有了些排场，仿佛上制服"。别的且不说了，诗中我们不难体会到他"管城三寸尚能雄"的心志的。

数日之前在书店偶遇以鬯先生，还转达了他的问候。

这个他就是施蛰存先生。他在信中这样说："我的第二本散文集《待旦录》就是他①办怀正文化社时为我印行的。你如见到他，可代我问候。"

淡淡一句话里，我想，蛰存师有温暖的回忆。这一句话，我看

---

① 指刘以鬯先生。——古按

到刘先生脸上绽开年轻时的笑。人间毕竟是情感的世界。美与丑、爱与恶，温暖与冷酷，真与假，在时间的长河里，会有分明的消息。

说来也真够巧。无意间于书肆中购回姚一苇的《欣赏与批评》一书，翻读之下，在《浅谈写小说》一文里，"发现"施蛰存的名字，好生新奇——他早被有意地遗忘或"闷杀"了。我在这里引录《浅谈写小说》的一段话：

> 我记得我大学一年级的时候，也和大家一样尝试写小说，曾经把我认为得意的作品送给施蛰存教授看，他劈头把我骂了一顿。他说："这不是小说，这是你呼号出来的东西，你所写的这些人物，没有一个是你所了解的，连表面的了解都没有。你假如有志写小说，你必须去观察人生，观察你能把握的东西。你只能写小孩子！"
>
> 他最后一句话，当时把我激怒了，他认为我只能写小孩子，是我的奇耻大辱！过了很久，我才能把这个问题想通。我觉得施先生的每句话都是对的。

我翻出这本书的前身《文学论集》，看到"姚一苇，民国十一年生"，从年纪上推想，姚一苇所说的施蛰存教授当是《现代杂志》的主编施蛰存先生。

读毕全书，当时写了篇"为稻粱谋"的小文，如是说："姚一苇大概是写小说挨了一顿骂，而走上剧作家与文艺评论家道路的。……这一'骂'，'骂'掉一个小说家，而'骂'出一位杰出的剧作家和文艺评论家，也未尝'骂'得不好。"还幽自己一默："姚一苇可算师兄。"

这一小文剪寄给蛰存师求证。他回信说："姚一苇是厦门大学学生。去年《红鼻子》在京、沪演出，我写了一个小文……你大约没见过，今付奉剪报。"文章题目是"《红鼻子》的作者"，剪报写着"不要转载"，后面加了三个惊叹号。在这里我还是要引用一些有关资料："一九四〇年代，我在厦门大学（长汀）任教，有十多个学生经常来我宿舍里聚会闲谈。有的谈文艺创作，有的谈古典诗词，有的谈戏剧小说。这些学生都是一九四四至一九四六年毕业的。四十年来，各人际遇不同，我也和他们久失联系。当时作新诗的有朱伯石，现任华中师院教授。有勒公贞，现任江西吉安教育学院教师，作旧诗的有欧阳怀岳，诗做得极像黄山谷。可惜毕业后即被疯狗咬死。有马祖熙，填词不下陈其年，现在安徽当中学教师。教育系潘茂元，文学是他的副系，也常常参加茶话，他现在是厦门大学副校长。姚公苇①写诗，也写散文。他的爱人范筱兰，善演话剧。他俩总是一起来的，我早知道他们的终身大事快要定局。"

文中还说及校务委员会关于姚公苇的一场辩论，施先生为姚公苇辩论获胜的旧事。文章最后说："姚一苇的剧作才能，恐怕和他的爱人不无关系，但不知这一双情侣现在是否还厮守在一起，或者是否还是一双佳偶，我希望他们不要忘记了我。"

前引姚一苇先生的文字，足证姚公苇未忘记他。还是那句话，人间毕竟是情感的世界，美与丑，爱与恶，温暖与冷酷，或是真与假，在时间的长河里，会有分明的消息。

说到这里该接上前头的话了。几日来，焦急地盼着一封信，因为我接到3月27日施先生手书的短简，他说：

　　　　三月十九日手书收到，但我已住入医院。我三个月来，大便有血，近日就诊，发现是直肠癌，必须即切除。大约下星期

---

① 即姚一苇。——古按

做手术，生命或无问题，不过这样一来要几个月不能做事了。

应国靖信中虽说"他很乐观"，又加一句叫人心神不安的"但他作了最坏的打算"。去年去上海，曾跟蛰存师说，我想写一篇关于他的文章，写好后呈他过目。他说，这可不必，后来，信中还特别交代，"可以随便写"。一来是役于"娱乐别人"，二是不学无术，三是并不想"随便"，时日匆匆，就这样过去五个月，还是未着一字。面对他病时还记挂着"要几个月不能做事"那几个字，我还能说些什么呢？

得悉蛰存师病癌入院的第二天，收到同学沙叶新的来信，他忙于《马克思秘史》的公演，尚未知施先生入院。我知道他春节后，离开上海躲到不知什么地方去赶写另一新剧，因此，施先生所嘱，叫我告知沙叶新有空去他家坐的话，也未及转达。复信时，我对沙说：接信后，即带手信去医院瞻慰。我知道他接信后必会赶去。

这篇"半文抄公"式的文字该结束了。

探头出窗外，楼缝里闪着远天的星星。天还未明，我却希望着，残夜有梦为千里外飞来的叩门声拍醒，只道一声平安。

1983 年 4 月 13 日凌晨

偶　然

正摇着笔杆，沉重如犁，犁不开封冻的思绪，犁不完这方块瘠田。

而此时，电话里朱兄说："喂，有一个消息……"他很少以这样的口气说话，也从未给过我什么消息。听口气似真有什么要给我一个惊异，或一阵狂喜。因他知道我忧郁，但万没想到是碧沛兄去世的意外。脱口而出的一声"啊！"之后，是长长的叹息。

我和碧沛没什么交情。当年在故乡，我知道他和我所尊敬的一位老师在歌舞团同过事，读过他的几篇散文。来到香港之后，连我们是怎么认识的也记不起来了，各自为了糊口，也仅偶然见过几次面。还记得最后一次，他问过我有没有地方给他写稿，其实他是问，我能不能给他一块瘠田耕。

我说："那不适合你。"

他说："我是多面手。"

我还告诉过他：他在《明报》上一篇关于郭风的文章，有人在我面前冒认……

关于碧沛，我没有什么可说的，但他的死却牵动了我的心，想起很多偶然。

这半个月来，不知受了什么触动，偶然间脑海中总兜转着这样的问题：香港的作家或文化人为什么这样短命？三苏、司马长风、徐速、颜开都活不到古稀之年，都在六十几岁就油尽灯枯撒手而去。我悲哀地想到：是煮字疗饥消耗了他们的生命，是他们的血和生命的精华超负荷地为"文字"所榨取。在我所认识的几位作家、文化人中，他们的头发都不例外地过早凝霜，他们的脸颊都消瘦而苍白。我曾想过诉诸文字，偏偏，碧沛却似乎要以更短暂的生命来加以印证。

于是，我想起，近日陈残云在《羊城晚报》上说的香港作家"卖血活命"的话。

我记起戴厚英同学收到我的照片，回信中另有弦音的话："你老多了，这使我愈感'铁饭碗'之可贵。"

据说，医生早就提醒碧沛，要完全停止工作。而他却白天去工作，晚上还得写稿——谁说这仅仅是为了虚荣和爱好，你没看见新加坡卖艺人先生的慨叹：环境好了的人都不再写作吗？

朋友对我说，在国内他已经因高血压而停止工作了，如果他不出来……

我说：这说来就话长了，难道你还要我说些已经长茧的故事吗？

他不出来，确可多活些日子的。但，他还是出来了。我们已无须再去问为什么！

据说一些认识他的人议论，冥冥中是否有命运，死前是否有迹象可寻？——

生前他写了《春天三重奏》，第三节写了"三妹的坟场"，发表的这天正是他告别人间的日子。据说，他去世前的几天，潇洒地说过：我这个年龄已进入死亡。

人之将死，是否真有预感？

如果有，我是否也已预感自己的死亡？——我对内地的同学说过：有一天，我可能自杀。前几天，春节后最寒冷的深夜，在失眠的床上，我又忆起过去，想起在战火中失散的姐姐——我连名字也叫不起来的姐姐，想起我走过的路和正在走的路，我竟号啕，在泪眼中我竟写了一首留给自己看的诗，题目也凑巧，叫《春天子夜变奏》。有"带血的子弹已把它射杀",有"名字也沉入商代的甲骨"的句子,还有"坟头""墓穴"等不祥的字眼。

朋友电话中告知我碧沛的不幸消息,我想起这些偶然,这些相似⋯⋯

我从不信神,但当我若有一日踏上神殿,我要问:为什么路总这样弯,为什么人们听你的福音,你却把他当羊驱赶?

千里会艾芜

去年 11 月，正是秋高气爽、乍凉不寒的时候。一晚，老板叫我去他的办公室，对我说："你想不想去四川？——有人请我去，我抽不开身。如你想去，就让你去。"

有机会去松弛一下神经，饱览一下神往已久的蜀地风光，哪有不想去之理？就这样，我意外得到免费旅游天府之国的机会。

这时，我自然为能踏上《蜀都赋》、"三都赋"所赞誉过的成都而高兴，为能去拜访杜甫草堂、三苏祠、武侯祠，还有给人以传奇色彩的峨眉山而喜悦。但更抓住我心的，是趁这个机会去拜望我怀着深深敬意的作家艾芜先生。

在上海丽娃河畔读书的时候，我就喜欢上了艾芜的小说，初来香港的日子，闲时在旺角横街短巷的书店进进出出，偶然看到翻版的艾芜著作，总买回来重读一遍。

喜欢他的小说，大概是他小说中呈现的西南边境风物人情，给我一种突然闯入了陌生世界的惊喜。小说中那股浓郁的抒情气息，以及他笔下的人物能唤起我种种想象的快感。

想起来也好笑。艾芜的小说，在年轻时曾使我萌生过流浪的念头。这样奇特的社会效果，大概是他始料不及的。

艾芜踏入社会，在底层打滚，尝尽了人间的冷眼、辛酸、苦涩，始终坚强地追求着自己的理想，未曾因命运多舛而颓唐自弃。我想，这也是我对他产生敬意的原因。由于这些，当飞机浮游在云海中时，我所希望的，是一踏上成都就去叩他的门。

（2）

世间的事，想象与实际总有着距离。没想到一踏入锦江宾馆，所有的时间都安排得密不见缝。

我打了个电话给流沙河，知道艾芜先生只有下午有时间，而我的每个白天都困在旅游车之上，或被导游牵引在雾气重重的蜀国山水之间。

我只好用晚上时间去打扰他了。拨了个电话过去。

"哦，有空。你什么时候来？"电话里传来艾芜的声音。他虽闯荡江湖数十年，仰光、新加坡、上海、北京、鞍山都住过，但乡音未改，话语带着川音。

"我半个小时后可以到。"放下电话，向宾馆要一辆出租汽车，没料到只有一辆值班，偏偏又去了火车站。好不容易把车盼来了，车向罩在雾里冷清的街道驶去，司机竟是个"盲侠"，停停问问，走岔了再兜回头，七兜八拐才在一条小巷口刹住。

一墙木板大门的角落，昏暗里站立着一个人影。他就是艾芜先生，在冬夜里等着陌生的来访者。我感动而又内疚："很对不起，艾芜先生，让你久等了。"

他伸出手，在一握里，我感到他的热诚。在他引我到他家时，我多谢了他寄赠给我的几部作品。他住在古旧的中式平房里，一道屏风隔开了卧室与客厅。客厅中间一张大圆桌，围着几张藤椅。两边墙的书架和桌子上，摆满着书籍、杂志，高处悬着几帧国画。我想，这也是这位老作家的书房了。

他背过去给我斟茶的当儿，我望着背影，脑海中泛起他墨水瓶吊在脖子上写作的影像，耳边响起他在《人生哲学的一课》中，要钢铁般顽强生存的话语。他坐过仰光的牢，蹲过上海的黑狱，尝过四川的铁窗，但他仍然顽强地生存着，头发虽已浮起岁月的霜白，但身子硬朗，精神矍铄。这使我想起南方故乡的榕树。坐在我对面，他的眼眶已松弛，但瞳孔仍闪着机智和神采，我不敢相信他已七十七岁。

(3)

我告诉他，海外有些人对中国文坛乍暖还寒、阴晴不定，甚为忧虑，担心批《苦恋》等作品，会使文艺创作中刚露出一点春光消失。

艾芜说，现在文学上进行两个"拨乱反正"：一是繁荣文艺创作，一是使文艺批评正常化。"繁荣文艺创作做得较好，从我自身来说，没有感到有什么限制，《春天的梦》就是根据我对生活的理解和体验来写的。"

至于文学批评，由于"四人帮"败坏了批评的风气，把它当作整人的手段，确曾存在过闻批评则忧的情况。文艺评论家也不敢批评。这种状态都不正常，亟须改善。文艺必须有批评，批评是发展文艺所不可缺的。《文艺报》批《苦恋》的文章，我就觉得好。不过火，不是整人，是从团结的愿望出发，实事求是地进行探讨。

他最后说："'文革'中对作家一棍子打死的做法，我相信不会再出现。担心的倒是一棍子打死的创作方法。"

(4)

艾芜半个世纪来，创作了近两百篇短篇、九部中篇、四部长篇、散文特写集五部，是位勤奋而多产的作家。

我拜访艾芜先生时，他刚第三次云南边疆行归来不久，准备写一本《南行记新编》的短篇小说集，同时对四十五万字的长篇《春天的雾》做第四次的修改。还计划续写《丰饶的原野》的后半部。

他说过："那时候小说写出了就赶快拿出去发表，否则没有饭吃，叫作卖稿度日。"

我想起每个作家都有自己的创作习惯，艾芜先生1949年前是多产作家，他是怎么写作的呢？

他不假思索，仿佛早就有答案在胸。他说："作家基本上分两种类型。一种是雕塑型，一种是演员型。我是属于演员型，当我投入创作，一进入了人物，就随着人物思索，跟着人物喜怒哀乐，只有人物的世界，而浑然忘却了作家的周遭。因此，我写作时不怕环境的吵闹。"

艾芜说话，不带任何手势，脸上没有一丝笑影，声调平缓，给人一种朴实而又冷峻的感觉，只有那双总专注望着你的眼睛，时时闪动着热情和机智。你可在他的眼神里捕捉到笑意。

"可否谈谈你的创作过程？"

"我写的都是我看过的人物，或听到过的人物。构思时我先想到的是人物，人物浮现在脑中，加上人物活动的自然环境，我就出笔。因是演员型，一出笔，则文从笔下来。平时的生活蕴藏，在这时都跑了出来，汇集在笔下。"

在这点上，艾芜与巴金有极相似的地方。记得巴金写《海的梦》，只想写海，写一个女人。没考虑过写什么题材、怎样的故事、应该怎样开头。他带着小说的开头去南京，回来后只用一个月时间就写成了。这也该是生活的储存流入了他的小说里。

（5）

艾芜先生，在他自己的作品中他觉得最满意的是哪几部？

"这很难说……"他顿了顿，"日本朋友说，早期的比较好。"

他离开藤椅，从成堆的书籍中抽出一本，走过来递给我。是日文版的《乌鸦之歌》，内有十篇短篇，以及日本爱知大学中国文学研究会油谷志津夫《艾芜小论》。可惜我不懂日文。

我向他表示，我也是喜欢他前期的作品，因为浓厚的抒情气息和地方色彩。而且，我觉得，就题材而言，他前期的作品开拓了新文学的新领域。把西南边疆的风光人物最先呈献给读者。可惜，文评家却未加以肯定。

他嘴角牵动了一下，露出不易觉察的笑意。我不能肯定他是否同意我的意见。

"不少作家都写回忆录，这是研究新文学的珍贵史料。你是否也有这样的打算？"

"不写了。《我的青春时代》你可作为自传来读。还有，1948年我写了《我的幼年时代》。"说毕他又站了起来："我送你一本。"

他从书架上抽出一本，而后在扉页上签了名，递给我。这是天津新蕾出版社《童年文库·作家的童年》的第三种。我谢过之后说："对这本书，我一无所知。"

"写成之后在上海的《文艺春秋》连载过，一直没出过单行本。不过，也幸好没有出，不然'四人帮'时又多了一条罪。"——艾芜1968年夏天被投入监狱，坐了四年的牢，1972年才获得自由。我不想勾起他不快的记忆，对这件事，也没再加追问。

本来我想说，他在缅甸、新加坡、上海那段生活是很值得写的，因有"不写了"我也就不便再提。我知道新加坡有位研究"中国作家在新加坡及其影响"的学人，就因没有这方面的资料而苦恼，不能不"只好存疑""颇难稽考"地感叹了。

我告诉他，我一直想读他的散文集《漂泊杂记》，始终找不到。他说：他唯一的一本已交给出版社，待出版后再寄给我。

这时，约定的出租小汽车，在门外响起了喇叭，催我离去。我不得不告辞了。

"艾芜先生，请您多多保重。你不必送了。"

他还是把我送到大门口，看着我上了车。车启动时，一声"欢迎你再来"，直沁我心底。

而我回望他时，不知怎的，脑海中又浮起《人生哲学的一课》里的形象，像叠影般与他重叠在一起。耳边响着那句"要钢铁一般顽强地生存"的话。

1982 年 6 月

鲤鱼门接触——也斯印象

认识也斯是很偶然的。无意间的相逢，有时比刻意安排的认识，给人留下的印象更深刻。

认识的地点也很别致，不是茶楼酒肆，也非飘着浓香的咖啡屋，而是晨雾未散尽的鲤鱼门。

朋友邀我与他做伴，去游横澜与蒲台岛，约定在鲤鱼门码头会集。从未踏上过筲箕湾码头，更不知轮渡费时多少。赶到鲤鱼门码头，朋友未到，只见小公园的长椅上散坐着几个陌生人。

正担心自己摸错地方而忐忑不安时，朋友来了，他身边还有一个人：T恤、灰蓝色牛仔裤、波鞋、皮肤微黑，像常在夏日沙滩上亲炙阳光的人一样，脑门高扬，前额显得宽阔。

经朋友介绍，站在面前这位平实的人，原是青年作家也斯（梁秉钧）。他刚从美国回来，正在撰写比较文学的博士论文《中国新诗与西方现代主义的理论与创作》。

因他也喜欢旅行，我们始于鲤鱼门握手相识。人生的偶然，有时是很奇妙的。

虽是第一次见面，却觉得好像相识了很久。他的肤色，使我想起他喜与山水阳光做伴；他宽阔的脑门，使我想起他在文学上孜孜不倦的思索、试验；他的平实，使我想到他文字的朴实无华；我们将去的目的地，又使我想起他的诗《蒲台》。

第一眼的印象，他是内向的人，像他的作品，感情是深藏在里层的。也许这内向的性格，造成他喜爱将眼光透视到事物背后去探求原因。《影城》一诗中这样写着：

堂皇的

建筑剥落

叫人相信它的灰尘

直至我们绕到背后

才见那支撑的木架，才见那

空虚的底里

诗句写的，正是在我眼前的也斯自己。

从书中走进诗国

每个人走上文学道路，各有不同的原因，也斯最初沉迷于书籍，是因家庭的不幸。

"我四岁丧父，自幼习惯于孤独，性格内向。幸以书籍消磨日子。"

读托尔斯泰、契诃夫，也读巴金、冰心、朱自清，像所有爱书的少年，抓到什么读什么。

"书内世界给了我希望，希望虽朦胧，确实想到希望的存在，特别是看到书中宽厚的人物，觉得安慰。书内的世界很大，使我向往，同时又觉得书中世界与现实世界有距离。自己生活的现实不能满足我，也就想尝试写写自己的感受。"

像不少作家是从尝试写诗开始他们的文学生涯一样，也斯亦不例外。

读《中国文学大系·诗部》，他喜爱闻一多；读《美国诗选》，他倾心于佛洛斯特；痖弦在香港出版的《苦苓林的一夜》更令他着迷。为寻找表达自己的声音，摸索适合自己的形式，他默默地写了好几本手稿。在写诗的日子，他甚至想模仿电影的形式写诗。

"第一首发表在《星岛日报》上的诗——《夏日与烟》，就是看了电影后写的。"他说："我一开始就不喜欢太隐晦、文字太扭曲的诗歌，喜欢较明朗可解又不是一眼看透的那些诗歌。"

他的诗，是他对生活翻来覆去审视之后的记录。

我觉得他的诗句"一大束写给自己的/寒冷的书简/自厌与自傲的瓶/思想中的石南花"，正是他寻找属于自己的诗的夫子自道。

敏锐的文学触觉

正当人们赶着欧美时髦的时候，也斯很特别，跑进了拉丁美洲小说与美国地下文学圈子里去。这总有特别的原因吧？

"那时我在浸会学院念二年级，想通过翻译来练笔，又因香港是在科技文明冲击下，生活其间的感受已与过去不同。过去的作家又未曾写过现代人的感受，因而想看看外国作家是怎样写的。读到美国地下文学，被那种开放活泼的方式、自由的文笔吸引住了，因而想通过翻译来吸收。至于拉丁美洲文学，因它的社会背景与中国有相似处，其小说表现的深入，与社会是有血有肉的整体，及艺术上幻想与现实结合，神话融入创作等独创，应可供中国文学借镜。"

这样，他翻译、出版了《美国地下文学选》《当代拉丁美洲小说选》。

有人说也斯是香港相当"前卫"的作家，现在来看，说他独具慧眼也未尝不可。

这点也表现在他与朋友合办的《四季》杂志。十年前，加西亚·马尔克斯还未与诺贝尔奖沾边，穆时英也还冰封着，他们便费心地编了这两位作家的专辑。

也曾听人说，《四季》出版后有人称之为"怪胎"，怪，可能指不趋时而令人不顺眼吧？现在重翻这本杂志，却正好证明他们对艺术创新的敏锐。

平凡中发现诗意

也斯还是大学生时，已成为《快报》的专栏作家，一写八年，这些文章后来集成《灰鸽早晨的话》《神话午餐》《山水人物》。

有人说这是他的幸运，其实是他的毅力和对文学的执着使他成功。八年间，即使在毕业考试的紧张时刻，他也未脱过一天稿。这不是每个人能做到的。

他写诗写散文写小说，无论是哪种样式，内容是写实的，风格是清冷的。在游艇上的交谈中，他谈到了自己对文学的见解：

"《战地钟声》里有这样的话：伟大、光荣、荣誉对现代人逐渐失去了意义，而是地名、门牌、数学更实在。生在香港，我接受了这说法，过去有一些定型的美，比如黄昏、海滩的美就是诗意，这是过去已成习惯的美，现代人应有现代的美，因此我想在自己的散文中摆脱传统的诗意。诗意不会是人已说过的，也不是辉煌的，而是平凡的。我喜欢在现实中发现自己的感受，在平凡而具体的小题材里发掘诗意。"

接着，他谈起在巴黎的一次经验：

"在巴黎的第一晚，睡在小旅馆里。早晨出门，那条路很窄，堆满垃圾，刚下过雨，满路泥泞，天色灰暗。这时正是上班的时候，迎面走来一位面容憔悴的女人，人却很清秀，脖上系着花围巾。在她之后也是一个女人，围巾的花色不同，瞬间我感觉到，一下美了起来，那条路也变得明亮了。我觉得，这种美就不是过去所已定型的美的意境，是现实中一种新的诗意。"

他的诗和散文，给人的印象是冷，抽离了自己，感情也压得很轻。

"我不喜欢所谓滥情式的东西。我倾向于具体的呈现、自然的组合，用自己的方法透视香港，在具象中藏着自己的情意。不过，我不敢说我的实验很成功。"

我们的话题转入了小说，他出版了短篇集《养龙人师门》、中篇《剪纸》。

我告诉他，对于他的诗与小说，我在作品中看到隐藏的作家是这样的：他不满于现状，总用怀疑、质询的眼光看周遭的世界，有一种要冲出局限的渴求。

价值观与小说

他这样剖析自己：

> 自我长大后，看到很多东西、众生相，累积之下，对香港现有的价值观产生怀疑。比如以名牌、名车、住什么地方等等定义一个人的价值，对此，我是持否定态度，因而以开玩笑的态度，表达自己的不同意。我希望建立自己的价值观念。《第一天》，我想通过初入社会的阿发，在一天之内生活情景的呈现，引发别人去感受他人的生活际遇，或者反省自己的生活。

"比较来说，我喜欢《李大婶的袋表》。我觉得它是对各种死传统的嘲讽，一切都得听'传统'的左右，也可视之为对'权威'的抗争。这篇小说既是现实的，艺术上又是新的，以荒谬写出真实。"

我的理解是否对，他没表示意见。他笑着告诉我："这篇小说曾有过很有趣的反应，说是嘲讽江青。"

"你的小说，基本上是平淡的，极少戏剧性。你对现代小说有何意见？"

"我是基于这样的认识写小说的。我们生活的现实中，戏剧性少，常态多，因而想从常人的常态中表现一些东西，发现新的经验。与过去戏剧性强的小说比，或许是平淡了，但我认为这样更真实。就我来说，我只想写与现实有关又重技巧的小说。"

香港出了为数不少的青年作家，但评论者对他们太冷漠了。有的作家的创作力，也因冷漠而消失。

也斯感慨地说："在香港，评论比创作更需要。"

由于这个原因，也斯跑到美国去攻读比较文学？当然不是。

我想，他经过十数年的创作之后，再去攀登新的高度，是想伸长脖子，再回望香港文学的"底里"的。

游艇泊岸了。我们沿着盖满野草、似有似无的小径，曲曲折折地向高坡走去。我想，这很像也斯所走的文学道路。

附　录

把情意的凝练放在文字精练之上

孙绍振

　　几年前，我在德国的时候，第一次处在一种完全陌生而且十分寂寞的环境中，那种孤寂的痛楚是我一生从来没有尝到过的，为了排遣心灵的痛苦便写起散文来。当时我寄了一点给香港某报的辜健。他是我 60 年代福建泉州华侨大学中文系的老同事。

　　稿寄出不久，收到辜健的来信。其他内容都忘了，只有一句使我反复琢磨了许多天，那就是"文章要写得精练些，特别是散文"。

　　从道理上说，我自然同意他的说法，但在具体行文中，那些东西该割舍掉，就有一番踌躇了。

　　回国以后，收到辜健寄来的两本散文集，拜读一番之后，方才明白他说的"精炼"是什么意思。

　　我和辜健分别二十年，不但在人生经历上有了许多差异而且在艺术趣味上也有点各有所好了。看了他寄来的《有情人间》和《梦系人间》才知道他已有了个笔名"古剑"，虽然他的散文并没有太浓的中国古代散文的传统色彩，但是他那追求简练的努力和中国古典散文作家显然是一脉相承的。

　　当然，古剑的精炼与古典散文作家又有些不同，最明显的是他所追求的首先不是在文字语言上的简括而是文意上、情致上的凝练。看来，可以说他是把文意和情致的凝练放在文字的精练之上的。

　　我觉得这是许多香港优秀散文的共同优点，也许是由于香港生活节奏的紧张度大大超过了内地吧，许多香港作家的散文都有一种匆匆走笔的风味。正因为如此，香港至今还缺少需要高度从容甚至雍容心态的史诗式的长篇小说。然而香港作家的才华却并不难在生活的夹缝中产生出来的散文中得到表现。古剑自然是很有散文家的情致的，而且是追求"五四"散文的韵味的，他在60年代的痛苦经历就决定了他绝对不可能欣赏那些矫情和过分渲染的语言。

看他的散文，常常感到他为文匆匆的痕迹不但把许多话省略了，而且把许多情致留在了字面以外。他的《六月凤凰》竟是那么短，才一千字。题目是凤凰木，可连第一眼的印象都没有做文字和感觉色彩的渲染，只是："树荫下狼藉一地的花尸，殷红已经褪失，憔悴蜷缩，默默等待化为泥土。"这里，古剑的着力点显然不是凤凰花的色彩和形态（这是许多散文家很容易驰骋文笔的对象），而是一种惜花的感情！"默默等待化为泥土"。然而，他仍然克制着抒情的冲动，只淡淡一笔带过，但这并不等于他不想在情感上用功夫，只是他不想从同样的角度，做情感的延伸，而是相反，他宁愿在这里断然切断，从另外一个角度展示了感情的新的侧面。他引用朋友的话评论凤凰花说："真是灿烂过后归于平淡。"这是另一种情感色彩，与上文的惜花的激动有所不同，有一点平静下来，并且接近旷达的哲思。这种情感色彩的变化和新侧面开拓，并没有使他满足，接着他又从自己的角度对朋友的情感做了推测："相信他曾为凤凰木花盛开的璀璨所心动过。那绿伞上火焰般的凤凰花，也许曾带入梦中。"

就是这样一种简单的推测也不是单向的，而是从过去和未来两个不同的方向拓进的。

辜健的散文往往在这里现出功力，他的情感线索从单方向的延续来说，都是很单纯的、留下空白的，然而在多方面的展示和对照上却是色彩丰富的。

他非常欣赏俞平伯的《桨声灯影里的秦淮河》，尤其推崇俞平伯关于散文的况味在"不即不离之间"的主张，看来，这也是他的追求。正因为这样，他的散文不像内地某些散文家那样善于"倾泻"，而是善顿挫，长于跳跃和转折。读他的散文常有一种新异之感，好像在挺重要的地方，他以不经意的笔触带过，而到了情感高潮，本可以一泻无余的时候，他却戛然而止了。

辜健追求一种漫不经心的妙处，然而他写得太少了，也许他对自己的潜在能量也太漫不经心了。

1983 年

图书在版编目(CIP)数据

信是有情：当代名家书缘存真 / 古剑著. —杭州：浙江大学出版社，2017.4

ISBN 978-7-308-16364-4

Ⅰ.①信… Ⅱ.①古… Ⅲ.①书信集—中国—当代②随笔—作品集—中国—当代 Ⅳ.①I217.2

中国版本图书馆 CIP 数据核字（2016）第 257970 号

信是有情——当代名家书缘存真

古　剑　著

责任编辑	罗人智	
责任校对	姜井勇	
封面设计	尚书堂	
出版发行	浙江大学出版社	
	（杭州市天目山路 148 号　邮政编码 310007）	
	（网址：http://www.zjupress.com）	
排　版	杭州林智广告有限公司	
印　刷	浙江海虹彩色印务有限公司	
开　本	880mm×1230mm　1/32	
印　张	10	
字　数	250 千	
版 印 次	2017 年 4 月第 1 版　2017 年 4 月第 1 次印刷	
书　号	ISBN 978-7-308-16364-4	
定　价	40.00 元	